Petits Classiques
LAROUSSE

Collection fondée par Félix Guirand,
Agrégé des Lettres

Le Barbier de Séville
ou la Précaution inutile

Beaumarchais

Comédie

Édition présentée,
annotée et commentée
par Marion MARTIN-SUHAMY,
ancienne élève
de l'École normale supérieure

© Éditions Larousse 2006
ISBN : 978-2-03-583196-5

SOMMAIRE

Avant d'aborder l'œuvre

- 6 Fiche d'identité de l'auteur
- 8 Repères chronologiques
- 10 Fiche d'identité de l'œuvre
- 12 L'œuvre dans son siècle
- 18 Lire l'œuvre aujourd'hui

Le Barbier de Séville
BEAUMARCHAIS

- 23 Lettre modérée
- 56 Acte I
- 78 Acte II
- 110 Acte III
- 140 Acte IV

Pour approfondir

- 158 Genre, action, personnages
- 170 L'œuvre : origines et prolongements
- 180 L'œuvre et ses représentations
- 188 L'œuvre à l'examen
- 202 Outils de lecture
- 204 Bibliographie, filmographie, musicographie

AVANT D'ABORDER L'ŒUVRE

Fiche d'identité de l'auteur

BEAUMARCHAIS

Nom : Pierre-Augustin Caron de Beaumarchais.

Naissance : 24 janvier 1732, grande rue Saint-Denis à Paris, sous le nom de Pierre-Augustin Caron.

Famille : un père maître horloger cultivé ; cinq sœurs, férues de musique et de littérature.

Formation : brève scolarité dans une école de campagne, à Alfort, entre 9 et 12 ans. À partir de 13 ans, apprenti horloger auprès de son père.

Début de sa carrière : brillant et ambitieux touche-à-tout : d'abord horloger inventif, musicien des filles du roi, homme d'affaires et de cour, marchand d'armes et agent secret. Déjà célèbre pour ses procès retentissants et son insolente fortune lors de ses débuts dans la carrière dramatique. À partir de 1757, fait jouer des parades sur la scène privée du château de l'homme d'affaires Lenormant d'Étioles. 1767 : débuts publics avec *Eugénie* (drame), d'abord sifflée puis remaniée : succès honorable. 1770 : *Les Deux Amis ou Le Négociant de Lyon* (drame) représentée à la Comédie-Française. Échec.

Premiers succès : *Le Barbier de Séville* est d'abord conçu comme un opéra-comique. Face au refus que lui opposent les Comédiens-Italiens (1772), il le transforme en comédie. Représentation en 1775 à la Comédie-Française. Triomphe.

Évolution de sa carrière littéraire : en 1785, *Le Mariage de Figaro* (comédie), suite du *Barbier*, est jouée à la Comédie-Française après plus de deux ans d'une lutte acharnée pour surmonter les interdictions. Accueil triomphal. En 1787, *Tarare* (opéra), médiocre succès. Fin de la trilogie espagnole avec, en 1792, *La Mère coupable*, drame joué au théâtre du Marais.

Mort : à Paris, le 18 mai 1799. Il est enterré dans son jardin. En 1822, ses restes sont transférés au cimetière du Père-Lachaise.

Pierre Augustin Caron de Beaumarchais.

Repères chronologiques

Vie et œuvre de Beaumarchais	Événements politiques et culturels
1732 Naissance à Paris le 24 janvier. **1745** Apprenti horloger avec son père. **1753** Invente un procédé d'horlogerie qui le fait connaître à la cour. **1756** Premier mariage. Prend le nom de Beaumarchais. **1757** Mort de sa femme. Rencontre le banquier Lenormant d'Étioles. **1759** Professeur des filles de Louis XV. **1760** Pâris-Duverney l'initie au monde des affaires. **1761** Achète la charge de « secrétaire du Roi », qui l'anoblit. **1764** Voyage en Espagne. **1767** *Eugénie. Essai sur le genre dramatique sérieux.* **1768** Deuxième mariage. **1770** Mort de sa deuxième femme. *Les Deux Amis.* Mort de Pâris-Duverney. **1771** *Le Barbier de Séville* est refusé par les Comédiens-Italiens. **1772** Premier procès contre La Blache. **1773** Incarcéré au For-L'Évêque. Deuxième procès contre La Blache. Affaire Goëzman. **1774** Nouveau procès. Rencontre	**1723** Début du règne personnel de Louis XV (> 1774). **1751** Début de la publication de l'*Encyclopédie*. **1756** Début de la guerre de Sept Ans. **1757** Diderot, *Le Fils naturel* (drame), *Entretiens sur le Fils naturel* (théorie du drame). **1759** Voltaire, *Candide*. **1763** Fin de la guerre de Sept Ans. La France perd presque toutes ses possessions américaines. Mort de Marivaux. **1771** Le chancelier Maupeou réforme les parlements. **1773** Diderot, *Jacques le Fataliste* (roman). **1774** Mort de Louis XV. Avènement de Louis XVI (> 1792). **1776** Déclaration d'indépendance des États-Unis d'Amérique. **1778** La France s'allie aux insurgés américains. Mort de Voltaire et de Rousseau. **1782** **Paisiello.** *Il Barbiere di Siviglia* **(opéra).** **1783** Indépendance des États-Unis.

Repères chronologiques

Vie et œuvre de Beaumarchais	Événements politiques et culturels

Marie-Thérèse de Willermaulaz.
1775
   Le Barbier de Séville (comédie) à la Comédie-Française. Chute puis succès.
1777
   Fondation de la Société des auteurs dramatiques.
1778
   Troisième procès contre La Blache.
1780
   Entreprend l'édition des *Œuvres complètes* de Voltaire.
1784
   Le Mariage de Figaro à la Comédie-Française. Triomphe.
1787
   Tarare. Nouveau procès (affaire Kornmann).
1789
   Député à la Commune de Paris.
1792
   La Mère coupable.
   Affaire des fusils de Hollande. Beaumarchais arrêté, incarcéré.
1793
   Commissaire de la République et proscrit à la fois, il échappe de peu à la guillotine.
1794
   Se réfugie à Hambourg.
1796
   Retour en France, ruiné.
1797
   Reprise de *La Mère coupable* (drame). Grand succès.
1799
   Il meurt à Paris le 18 mai.
	1784
	   Mort de Diderot.
	1786
	   Mozart, *Les Noces de Figaro* (opéra).
	1787
	   Constitution des États-Unis d'Amérique.
	1788
	   Crise financière et convocation des états généraux pour 1789.
	1789
	   Début de la Révolution en France.
	1791
	   Assemblée législative.
	1792
	   Première République. Mort de Mozart.
	1793
	   Exécution de Louis XVI. Fuite en avant vers la Terreur.
	1799
	   Coup d'État de Bonaparte, le 18 Brumaire. Début du Consulat.
	1816
	   Rossini, *Il Barbiere di Siviglia* (opéra bouffe).

Fiche d'identité de l'œuvre

Le Barbier de Séville

Genre :
théâtre, comédie.

Auteur :
Pierre-Augustin Caron de Beaumarchais, XVIIIe s.

Objets d'étude :
comique et comédie ;
le théâtre : texte
et représentation ;
les Lumières.

Registres :
comique, lyrique,
polémique, satirique,
pathétique.

Structure :
quatre actes.

Forme :
dialogue en prose.

Principaux personnages : Figaro, le comte Almaviva, Rosine, Bartholo, Don Bazile.

Sujet : Rosine est tenue enfermée dans une maison de Séville par son vieux tuteur, Bartholo, qui compte l'épouser le lendemain. Le comte Almaviva, amoureux de Rosine, s'associe au rusé Figaro pour la conquérir et déjouer les projets de Bartholo (acte I). Déguisé en militaire, le comte s'introduit chez Bartholo, mais il est refoulé (acte II). Déguisé cette fois en bachelier, il parvient à entrer dans la place, mais Bartholo surprend les amoureux (acte III). La nuit venue, le comte s'introduit à nouveau chez Bartholo, où il se retrouve prisonnier, mais il réussit à épouser Rosine à la place du docteur (acte IV).

Représentations de la pièce : *Le Barbier de Séville* marque le retour du rire à la Comédie-Française à la fin du XVIIIe siècle et impose une nouvelle figure théâtrale, celle de Figaro. Son destin est lié, d'une part, au succès du *Mariage de Figaro* et, d'autre part, à la musique, puisque la pièce fut transférée en opéra, notamment *par* Rossini en 1816, avec son fameux *Barbiere di Siviglia*.

Figaro. Dessin de Émile Bayard.

L'œuvre dans son siècle

Lorsque, le 26 février 1775, triomphe à la Comédie-Française *Le Barbier de Séville*, son auteur, né en 1732, a déjà parcouru une brillante carrière d'homme de cour, d'affaires et de lettres, sorte de précipité des mouvements, des aspirations et des paradoxes de son époque.

Une société en devenir

En 1754, le père Laugier sermonnait ainsi Louis XV, qui « devant tout faire, ne faisait rien », fustigeait les ministres qui, « faisant tout, abusaient de leur pouvoir », plaignait « un peuple que l'on forçait à la désobéissance, en lui demandant ce qu'il n'avait plus puisqu'il avait tout donné », et s'indignait que « l'argent pût couler à grands flots pour des bâtiments et pour des choses inutiles ». La France de la deuxième moitié du XVIIIe siècle jouit en effet d'une croissance économique remarquable et d'un prestige culturel et artistique qui s'étend à toute l'Europe, mais souffre d'inégalités criantes : la condition du plus grand nombre s'améliore peu à peu, mais le peuple supporte de plus en plus mal le poids des impôts. On assiste par ailleurs à la montée en puissance d'une bourgeoisie « éclairée » et désireuse de tenir un rôle dans la vie politique, mais qui se heurte aux élites en place.

Sous les règnes de Louis XV (1723-1774) et Louis XVI (1774-1792), des réformes sont tentées pour réduire les inégalités et moderniser l'État. Mais elles échouent face à une opposition organisée et puissante (noblesse et clergé). Cet immobilisme politique, associé à un mouvement fort d'idées nouvelles, ouvrira la voie à la révolution de 1789.

Au sein de cette société en devenir, Pierre-Augustin Caron, fils d'un maître horloger, connaît une ascension sociale fulgurante. Très vite, il quitte la condition d'artisan pour se rapprocher, d'une part, de la cour et de l'aristocratie (la charge royale

L'œuvre dans son siècle

qu'il obtient en 1761 l'anoblit, et il prend le nom de Caron de Beaumarchais en 1756), d'autre part, de la grande bourgeoisie financière (il s'associe à l'homme d'affaires Pâris-Duverney), qui fait sa fortune. Dès lors, il mène de front une vie d'homme d'affaires et d'homme de lettres, entretenant des rapports complexes avec le pouvoir. Tantôt il effectue de périlleuses missions d'homme d'affaires ou d'agent secret pour Louis XV et Louis XVI, tantôt il part en guerre contre les institutions : en 1773-1774, il s'oppose violemment à l'un des conseillers du parlement, le juge Goëzman, tandis que ses comédies fustigent les privilèges exorbitants de l'aristocratie et les abus du pouvoir.

Des idées et une sensibilité nouvelles

Les penseurs des « Lumières » mènent au XVIIIe siècle une réflexion rationnelle et critique sur l'ensemble des savoirs et des institutions politiques et religieuses. Leurs idées se diffusent grâce aux livres savants (dont la fameuse *Encyclopédie*, publiée à partir de 1751) et aux journaux, qui se multiplient. Elles circulent également dans des lieux de lecture et de discussion toujours plus nombreux – salons mondains, cafés, salles de lecture ou académies de province –, où s'exerce et se renouvelle aussi l'art de la conversation et du langage théâtral. Les productions littéraires et artistiques cherchent également à exprimer une sensibilité nouvelle, liée à l'intérêt que l'on porte désormais à l'individu, à ses sensations et à ses sentiments. Âme sensible et esprit frondeur à la fois, Beaumarchais présente dans ses pièces des personnages émouvants de complexité et de vulnérabilité, tout en dénonçant les inégalités sociales et la piètre condition de la femme.

Mais la liberté d'expression est limitée et une censure vigilante s'exerce sur l'ensemble des productions intellectuelles et artistiques. Ainsi la censure théâtrale, qui relève de la police et emploie jusqu'à quatre-vingt-seize censeurs, devient-elle pour certaines pièces une véritable affaire d'État, dans laquelle

L'œuvre dans son siècle

le roi donne son avis, comme ce fut le cas pour les comédies de Beaumarchais. Pour déjouer la censure, les écrivains recourent à la fiction (roman, conte, théâtre), où ils stigmatisent par des moyens détournés les inégalités et les injustices de leur temps, mettent en scène de grands débats d'idées ou exposent leurs projets de société nouvelle.

La théâtromanie

Le XVIIIe siècle fut le siècle de la théâtromanie. À partir de la Régence (1715), le théâtre est l'un des divertissements favoris des citadins. Les théâtres se multiplient (Paris compte deux scènes permanentes en 1700, dix en 1744, cinquante et une en 1791), et se hiérarchisent. En haut de l'échelle se trouve la Comédie-Française, qui se réserve le répertoire noble (tragédies, comédies de haute tenue et drames), puis viennent La Comédie-Italienne, qui a fusionné en 1762 avec l'Opéra-Comique, et enfin les théâtres de la Foire.

Tout écrivain, même médiocre, se pique d'écrire une pièce, tout mondain rêve de monter sur scène, ce qu'il fait d'autant plus facilement que la mode des théâtres privés se répand. On se prend de passion pour la vie privée des acteurs et des actrices, on s'interroge sur l'art du comédien (Diderot, dans *Le Paradoxe sur le comédien,* confronte sensibilité et contrôle chez l'acteur), on s'intéresse aussi à la mise en scène et à la décoration, comme en témoignent, dans les pièces de Beaumarchais, l'abondance des indications scéniques et le soin apporté à la description des costumes et du décor.

Le renouvellement du genre

Pour plaire à un public plus populaire et bourgeois, des formes nouvelles s'élaborent. On donne, aux théâtres de la Foire, des parades – petites pièces délurées que l'on jouait sur des tréteaux, devant les théâtres, avant les représentations –

L'œuvre dans son siècle

et des mélanges de drame et de chant, de musique et de jeux, que l'on appellera plus tard « vaudevilles ». La Comédie-Italienne présente des comédies musicales, pièces agrémentées de musique et de chants. Même l'opéra, dont raffole la bonne société, se tourne vers une forme proche de la comédie, celle de l'opéra bouffe. Quant aux « drames bourgeois » et aux « comédies larmoyantes », ils mettent en scène les aventures et les interrogations de la nouvelle société bourgeoise en alliant réalisme et exaltation du sentiment.

UNE TELLE DIVERSITÉ s'accordait bien avec le talent multiforme de Beaumarchais, qui lui-même fit jouer des parades sur la scène privée du château d'Étioles, composa des drames (*Eugénie* en 1767, *Les Deux Amis* en 1770, *La Mère coupable* en 1792), un opéra-comique (première version du *Barbier de Séville*, en 1772), des comédies avec chansons (*Le Barbier* en 1775, *Le Mariage de Figaro* en 1784), et un opéra (*Tarare* en 1787).

À l'origine du Barbier : un voyage en Espagne

AU COURS d'un voyage en Espagne, en 1764, Beaumarchais découvre sur les scènes madrilènes les « intermèdes », joyeuses farces agrémentées de chansons, et rapporte en France l'idée d'une petite pièce, *Le Sacristain*. Cet « intermède imité de l'espagnol » et proche du genre populaire de la parade fut sans doute joué en 1765 chez Lenormant d'Étioles. Il évolua ensuite considérablement, gravissant peu à peu les différents degrés de la « hiérarchie » théâtrale.

EN 1771, Beaumarchais, ayant renoncé au drame après l'échec des *Deux Amis*, change de genre et donne à lire aux Comédiens-Italiens *Le Barbier de Séville* devenu un opéra-comique, pièce ornée d'airs espagnols et italiens, où apparaît pour la première fois le personnage de Figaro. Mais l'œuvre est refusée – parce qu'un des acteurs de la troupe, qui avait été

L'œuvre dans son siècle

perruquier et ne tolérait aucune allusion à sa première profession, y oppose, dit-on, son veto.

Transformée en comédie en quatre actes, *Le Barbier de Séville* est lue le 3 janvier 1773 par les Comédiens-Français, et approuvée par la censure. Mais aussitôt, Beaumarchais est jeté en prison à la suite d'une querelle avec un rival amoureux, le duc de Chaulnes. La succession du financier Pâris-Duverney, auquel il avait été associé, l'entraîne au même moment dans des manœuvres et un procès aux multiples péripéties, à l'issue duquel il perd ses droits civiques. Pour les recouvrer, Beaumarchais se met alors au service du gouvernement en effectuant des missions secrètes à Londres, puis à travers toute l'Europe. Pendant ce temps, la pièce est toujours interdite de représentation.

Le 23 février 1775, Beaumarchais peut enfin présenter à la Comédie-Française une nouvelle version de la pièce, en cinq actes cette fois. Échec retentissant. En trois jours, l'« auteur tombé » taille, allège et réduit sa pièce à quatre actes. À la deuxième représentation, le 26 février, la pièce triomphe, en dépit des attaques de la critique. Sa célébrité ne s'est pas démentie par la suite.

Une nouvelle jeunesse pour un sujet rebattu

La trame suggérée par le sous-titre de la pièce, *La Précaution inutile* – un jeune amoureux parvenant à arracher, à force de ruse, la femme qu'il aime des mains d'un barbon jaloux –, est aussi ancienne que la comédie. On en trouve déjà des exemples dans le théâtre latin. Au XVIIe siècle, Molière reprenait le même canevas dans plusieurs de ses comédies, dont *L'École des femmes*, qui inspira la nouvelle de Scarron *La Précaution inutile* (1654). D'autres pièces encore exploitaient ce thème à la charnière du siècle (*On ne s'avise jamais de tout* de Sedaine en 1691, *Les Folies amoureuses* de Regnard en 1704). Le sous-titre

L'œuvre dans son siècle

de la pièce résonnait donc, pour ce public averti du XVIIIe siècle, comme un air connu.

Quant au titre lui-même, il évoquait bien évidemment le mythe de Don Juan, mis en scène par le dramaturge espagnol Tirso de Molina (*L'Abuseur de Séville*, 1620-1630), avant d'être repris par Molière en 1665. Mais il renvoyait aussi aux récits picaresques du Siècle d'or espagnol, histoires d'aventuriers *(picaros)* porteuses d'une virulente critique sociale, qui avaient été remis à la mode en France par des romans tels que *Gil Blas* (1715-1735) de Lesage. Beaumarchais n'a sans doute pas choisi par hasard ce nom de Figaro, qui ressemble si fort à *picaro*.

Le personnage de barbier n'avait pas de précédent dans le théâtre français. Or son métier d'artisan avait pour le dramaturge beaucoup d'atouts. Familier du ciseau et du rasoir, tantôt apothicaire, tantôt chirurgien, à la frontière de l'artisanat et de la bourgeoisie, passant sans cesse de l'univers clos des maisons au monde extérieur, susceptible de raser comme de « faire la barbe » (faire la « nique ») à tout le monde ou d'arranger un mariage « à la barbe » d'un vieux docteur, ce « machiniste » idéal donnait un nouvel élan au type traditionnel du valet de comédie.

En s'appuyant sur une intrigue à l'efficacité comique éprouvée, *Le Barbier de Séville* nous invite ainsi à renouer avec la franche gaieté de la comédie moliéresque. Mais cette espagnolade est aussi une fable satirique pleine de verve et d'ironie, où le personnage insolent de Figaro, dans sa plasticité physique, professionnelle et sociale, apparaît comme un autre Beaumarchais.

Lire l'œuvre aujourd'hui

Une pièce qui fait sourire et rire

Le Barbier de Séville est une pièce où l'on s'amuse.
Le plaisir du *Barbier* tient d'emblée à la séduction des mots. La langue de Beaumarchais plaît par son apparente désinvolture, son inventivité et son efficacité : les répliques sont brèves et pleines d'esprit, un monologue concentre en quelques mots les péripéties d'une vie entière, l'ironie est partout sans être jamais pesante.

On aime à découvrir également de quelle façon Beaumarchais transforme un canevas et des types traditionnels : le jeune premier se présente comme un Don Juan repenti ; Figaro, valet fort peu servile, a fait tous les métiers, dont celui d'écrivain ; le barbon est bel et bien jaloux, mais nullement stupide ; la jeune pupille n'a pas froid aux yeux. On sourit à l'idée de retrouver une intrigue familière, on rit de ces décalages qui se manifestent constamment et qui font l'insolence de la pièce.

Mais on rit aussi des situations les plus farcesques – chassés-croisés, apartés, déguisements et quiproquos, on prend plaisir à voir une gestuelle évocatrice (on crache, on bâille, on éternue, on s'évanouit), on suit avec passion le mouvement des accessoires : une lettre est lâchée, ramassée, cachée, volée, lue à la dérobée, un fauteuil fait office de paravent, un nécessaire à barbe tombe malencontreusement des mains pour détourner l'attention, une bourse exhibée ou jetée à la sauvette fait plus et plus vite que de longues explications…

Des personnages sincères et témoins de leur temps

Les personnages du *Barbier* nous intéressent et nous touchent par leur sincérité, et les réalités humaines et sociales dont ils témoignent. Rosine nous rappelle l'état de dépendance dans lequel la femme est tenue au XVIIIe siècle. Le comte est un grand d'Espagne et son statut de noble l'a habitué à obtenir ce qu'il

Lire l'œuvre aujourd'hui

désire. Pourtant, il veut être aimé pour lui-même, s'inquiète quant au succès de son entreprise, et fait de son valet un allié et un complice. Bartholo nous émeut presque lorsqu'il fait en chanson une dérisoire déclaration d'amour. Quant à Figaro, c'est sans doute le plus humain des personnages, parce que le plus ouvert sur son temps. Il pourrait paraître invraisemblable tellement son passé fut riche et mouvementé, et pourtant non. Ce qui frappe, c'est son entêtement dans le bonheur face à l'adversité, sa bonhomie et sa générosité malgré le regard lucide et ouvertement critique qu'il porte sur une société inégalitaire. Certes, Figaro fustige les abus du régime et les privilèges de l'aristocratie, mais il reste l'ami de son maître et l'auxiliaire de l'amour plus qu'un héraut de la Révolution.

Un spectacle qui suscite la complicité du spectateur

À travers le personnage de Figaro, c'est aussi Beaumarchais qui dit les difficultés rencontrées dans sa vie d'homme de lettres, ses regrets, ses passions, ses haines, son pragmatisme enfin. L'auteur nous invite à écouter et voir d'une oreille et d'un œil complices ce valet aventurier qui s'en prend au pouvoir et aux journalistes. La salle rit de connivence avec un auteur qui parle par la voix d'un barbier.

La pièce nous rend complices aussi parce qu'elle rompt à plusieurs reprises avec la convention de l'illusion scénique, en désignant explicitement un élément de l'intrigue comme un pur procédé théâtral. La fable à laquelle nous voulions croire avoue soudain qu'elle n'est qu'une fable. Mais elle nous montre du même coup que nous pouvons prendre doublement plaisir à une pièce, à la fois parce que nous sommes captés par une intrigue, et parce que nous comprenons que cette histoire répond à des intentions d'auteur. Ainsi le théâtre devient-il un jeu dont nous sommes partie prenante.

LE BARBIER DE SÉVILLE,

OU LA

PRÉCAUTION INUTILE,

COMÉDIE

EN QUATRE ACTES;

Par M. DE BEAUMARCHAIS;

REPRÉSENTÉE & tombée sur le Théâtre de la Comédie Françoise aux Tuileries, le 23 de Février 1775.

...... Et j'étois Père, & je ne pus mourir !
(*Zaïre*, Acte 1er.)

A PARIS,

Chez RUAULT, Libraire, rue de la Harpe.

==========

MDCCLXXV.
AVEC APPROBATION ET PERMISSION.

Page de titre du *Barbier de Séville*.

Le Barbier de Séville
ou la Précaution inutile

Beaumarchais

Comédie (1775)

Affiche encadrée des personnages de la pièce. Gravure su bois.

Et j'étais père, et je ne pus mourir ![1]
Zaïre, Acte II.

Lettre modérée

<small>SUR LA CHUTE ET LA CRITIQUE DU *BARBIER DE SÉVILLE*</small>

*L'AUTEUR, vêtu modestement et courbé,
présentant sa pièce au lecteur*

MONSIEUR,

J'ai l'honneur de vous offrir un nouvel opuscule[2] de ma façon. Je souhaite vous rencontrer dans un de ces moments heureux où, dégagé de soins[3], content de votre santé, de vos affaires, de votre maîtresse, de votre dîner, de votre estomac, vous puissiez vous plaire un moment à la lecture de mon *Barbier de Séville* ; car il faut tout cela pour être homme amusable et lecteur indulgent.

Mais si quelque accident a dérangé votre santé, si votre état[4] est compromis, si votre belle a forfait à[5] ses serments, si votre dîner fut mauvais ou votre digestion laborieuse, ah ! laissez mon *Barbier* ; ce n'est pas là l'instant : examinez l'état de vos dépenses, étudiez le *factum*[6] de votre adversaire, relisez ce traître billet[7] surpris à Rose, ou parcourez les chefs-d'œuvre de

---

1. Vers 580 de la pièce de Voltaire, *Zaïre*, prononcé par le prince Lusignan, dernier des souverains chrétiens de Jérusalem, qui déplore la disparition de ses deux enfants, alors que ceux-ci ne sont en fait pas morts. Une façon pour Beaumarchais de faire savoir à la critique qu'il s'est relevé de l'échec de la première représentation du *Barbier*.
2. **Opuscule :** petit ouvrage.
3. **Dégagé de soins :** n'ayant pas de soucis.
4. **État :** situation, position sociale.
5. **A forfait à :** a trahi.
6. ***Factum*** **:** dans un procès, mémoire rédigé pour défendre la cause de l'accusation ou de la défense.
7. **Billet :** lettre, message.

Lettre modérée

Tissot[1] sur la tempérance, et faites des réflexions politiques, économiques, diététiques, philosophiques ou morales.

Ou si votre état est tel qu'il vous faille absolument l'oublier, enfoncez-vous dans une bergère[2], ouvrez le journal établi dans Bouillon[3] avec encyclopédie, approbation et privilège[4], et dormez vite une heure ou deux.

Quel charme aurait une production légère au milieu des plus noires vapeurs[5], et que vous importe, en effet, si Figaro le barbier s'est bien moqué de Bartholo le médecin en aidant un rival à lui souffler[6] sa maîtresse ? On rit peu de la gaieté d'autrui, quand on a de l'humeur[7] pour son propre compte.

Que vous fait encore si ce barbier espagnol, en arrivant dans Paris, essuya quelques traverses[8], et si la prohibition de ses exercices a donné trop d'importance aux rêveries de mon bonnet ? On ne s'intéresse guère aux affaires des autres que lorsqu'on est sans inquiétude sur les siennes.

Mais enfin tout va-t-il bien pour vous ? Avez-vous à souhait double estomac, bon cuisinier, maîtresse honnête et repos imperturbable ? Ah ! parlons, parlons ; donnez audience à mon *Barbier*.

Je sens trop, Monsieur, que ce n'est plus le temps où, tenant mon manuscrit en réserve, et semblable à la coquette qui refuse souvent ce qu'elle brûle toujours d'accorder, j'en faisais quelque avare lecture à des gens

---

1. **Chefs-d'œuvre de Tissot :** ouvrage d'un célèbre médecin du XVIIIe siècle.
2. **Bergère :** fauteuil large et profond.
3. **Journal établi dans Bouillon :** ce *Journal encyclopédique,* publié à Bouillon (ville des Ardences belges), était hostile à Beaumarchais et avait vivement critiqué *Le Barbier de Séville*.
4. **Avec approbation et privilège :** sous l'Ancien Régime, un ouvrage ou un journal n'était autorisé à paraître que s'il avait reçu l'*approbation* de la censure ; l'éditeur recevait alors le *privilège*, c'est-à-dire l'exclusivité de la publication.
5. **Vapeurs :** humeurs.
6. **Souffler :** enlever.
7. **humeur :** irritation, mauvaise humeur.
8. **Traverses :** difficultés, obstacles, comme ceux rencontrés par Beaumarchais pour faire jouer sa pièce.

Lettre modérée

préférés, qui croyaient devoir payer ma complaisance par un éloge pompeux de mon ouvrage.

Ô jours heureux ! Le lieu, le temps, l'auditoire à ma dévotion[1] et la magie d'une lecture adroite assurant mon succès, je glissais sur le morceau faible en appuyant les bons endroits ; puis, recueillant les suffrages du coin de l'œil avec une orgueilleuse modestie, je jouissais d'un triomphe d'autant plus doux que le jeu d'un fripon[2] d'acteur ne m'en dérobait pas les trois quarts pour son compte.

Que reste-t-il, hélas ! de toute cette gibecière[3] ? À l'instant qu'il faudrait des miracles pour vous subjuguer, quand la verge de Moïse[4] y suffirait à peine, je n'ai plus même la ressource du bâton de Jacob[5], plus d'escamotage, de tricherie, de coquetterie, d'inflexions de voix, d'illusion théâtrale, rien. C'est ma vertu toute nue que vous allez juger.

Ne trouvez donc pas étrange, Monsieur, si, mesurant mon style à ma situation, je ne fais pas comme ces écrivains qui se donnent le ton de vous appeler négligemment *lecteur, ami lecteur, cher lecteur, bénin*[6] ou *benoît*[7] *lecteur*, ou de telle autre dénomination cavalière, je dirais même indécente, par laquelle ces imprudents essayent de se mettre au pair[8] avec leur juge, et qui ne fait bien souvent que leur en attirer l'animadversion[9]. J'ai toujours vu que les airs[10] ne

---

1. **À ma dévotion :** qui m'adore, qui m'est tout dévoué.
2. **Fripon :** voleur adroit.
3. **Gibecière :** sac de cuir, sacoche utilisée notamment par les joueurs de tours de passe-passe pour enfermer leurs accessoires.
4. **Verge de Moïse :** bâton d'airain utilisé par Moïse pour faire jaillir l'eau d'un rocher dans le désert (Ancien Testament, livre de l'Exode).
5. **Bâton de Jacob :** modeste bâton qui servit à Jacob pour passer le Jourdain (Ancien Testament, livre de la Genèse). Au XVIIIe siècle, on appelait ainsi la baguette des escamoteurs ou joueurs de passe-passe.
6. **Bénin :** bienveillant.
7. **Benoît :** bon et doux.
8. **Se mettre au pair :** se mettre sur un pied d'égalité.
9. **Animadversion :** hostilité, réprobation.
10. **Les airs :** les façons de faire prétentieuses.

Lettre modérée

séduisaient personne, et que le ton modeste d'un auteur pouvait seul inspirer un peu d'indulgence à son fier lecteur.

Eh ! quel écrivain en eut jamais plus besoin que moi ? Je voudrais le cacher en vain. J'eus la faiblesse autrefois, Monsieur, de vous présenter, en différents temps, deux tristes drames[1], productions monstrueuses[2], comme on sait, car entre la tragédie et la comédie, on n'ignore plus qu'il n'existe rien ; c'est un point décidé, le maître[3] l'a dit, l'école[4] en retentit : et pour moi, j'en suis tellement convaincu que, si je voulais aujourd'hui mettre au théâtre une mère éplorée, une épouse trahie, une sœur éperdue, un fils déshérité pour les présenter décemment au public, je commencerais par leur supposer un beau royaume où ils auraient régné de leur mieux, vers l'un des archipels[5] ou dans tel autre coin du monde ; certain, après cela, que l'invraisemblance du roman[6], l'énormité des faits, l'enflure des caractères, le gigantesque des idées et la bouffissure du langage, loin de m'être imputés à reproche, assureraient encore mon succès.

Présenter des hommes d'une condition moyenne, accablés et dans le malheur, fi donc ! On ne doit jamais les montrer que bafoués. Les citoyens ridicules et les rois malheureux, voilà tout le théâtre existant et possible ; et je me le tiens pour dit, c'est fait, je ne veux plus quereller avec personne.

J'ai donc eu la faiblesse autrefois, Monsieur, de faire des drames qui n'étaient pas *du bon genre*, et je m'en repens beaucoup.

---

1. **Deux tristes drames :** *Eugénie* (1767) et *Les Deux Amis* (1770), deux pièces d'un genre nouveau à l'époque, le drame, qui n'a pas encore réussi à s'imposer.
2. **Monstrueuses :** ce ne sont ni des tragédies, ni des comédies, seuls genres conformes aux normes du théâtre classique.
3. **Le maître :** Aristote, penseur de l'Antiquité grecque qui a défini les genres au théâtre.
4. **L'école :** tous ceux qui prétendent se conformer aux règles théâtrales classiques.
5. **L'un des archipels :** une partie de la Grèce, berceau de la tragédie.
6. **Roman :** histoire, intrigue.

Lettre modérée

Pressé par les événements, j'ai hasardé de malheureux mémoires[1], que mes ennemis n'ont pas trouvés *du bon style* ; et j'en ai le remords cruel.

Aujourd'hui, je fais glisser sous vos yeux une comédie fort gaie, que certains maîtres de goût n'estiment pas *du bon ton*, et je ne m'en console point.

Peut-être un jour oserai-je affliger votre oreille d'un opéra[2], dont les jeunes gens d'autrefois diront que la musique n'est pas *du bon français* ; et j'en suis tout honteux d'avance.

Ainsi, de fautes en pardons et d'erreurs en excuses, je passerai ma vie à mériter votre indulgence par la bonne foi naïve avec laquelle je reconnaîtrai les unes en vous présentant les autres.

Quant au *Barbier de Séville*, ce n'est pas pour corrompre[3] votre jugement que je prends ici le ton respectueux : mais on m'a fort assuré que, lorsqu'un auteur était sorti, quoique échiné[4], vainqueur au théâtre, il ne lui manquait plus que d'être agréé par vous, Monsieur, et lacéré dans quelques journaux, pour avoir obtenu tous les lauriers littéraires. Ma gloire est donc certaine si vous daignez m'accorder le laurier de votre agrément, persuadé que plusieurs de messieurs les journalistes ne me refuseront pas celui de leur dénigrement.

Déjà l'un d'eux, établi dans Bouillon avec approbation et privilège, m'a fait l'honneur encyclopédique[5] d'assurer à ses abonnés que ma pièce était sans plan, sans unité, sans caractères, vide d'intrigue et dénuée de comique.

---

1. **Mémoires :** il s'agit des *Mémoires contre Goëzman* (1773-1774), pamphlets écrits contre un magistrat opposé à Beaumarchais dans le procès La Blache.
2. **Un opéra :** cet opéra sera *Tarare* (1787), livret de Beaumarchais, musique d'Antonio Salieri.
3. **Corrompre :** influer dans un mauvais sens sur, pervertir.
4. **Échiné :** roué de coups, esquinté.
5. **Encyclopédique :** pris au sens de « grand » et allusion au titre du journal de Bouillon, *Journal encyclopédique*.

Lettre modérée

Un autre[1], plus naïf encore, à la vérité sans approbation, sans privilège et même sans encyclopédie, après un candide exposé de mon drame, ajoute au laurier de sa critique cet éloge flatteur de ma personne : « La réputation du sieur de Beaumarchais est bien tombée, et les honnêtes gens sont enfin convaincus que, lorsqu'on lui aura arraché les plumes du paon, il ne restera plus qu'un vilain corbeau noir, avec son effronterie et sa voracité. »

Puisqu'en effet j'ai eu l'effronterie de faire la comédie du *Barbier de Séville*, pour remplir l'horoscope entier[2], je pousserai la voracité jusqu'à vous prier humblement, Monsieur, de me juger vous-même, et sans égard aux critiques passés, présents et futurs ; car vous savez que, par état, les gens de feuilles[3] sont souvent ennemis des gens de lettres ; j'aurai même la voracité de vous prévenir qu'étant saisi de mon affaire, il faut que vous soyez mon juge absolument, soit que vous le vouliez ou non, car vous êtes mon lecteur.

Et vous sentez bien, Monsieur, que si, pour éviter ce tracas ou me prouver que je raisonne mal, vous refusiez constamment de me lire, vous feriez vous-même une pétition de principe au-dessous de vos lumières[4] : n'étant pas mon lecteur, vous ne seriez pas celui à qui s'adresse ma requête.

Que si[5], par dépit de la dépendance où je parais vous mettre, vous vous avisiez de jeter le livre en cet instant de votre lecture, c'est, Monsieur, comme si, au milieu de tout autre jugement, vous étiez enlevé du tribunal par la mort, ou tel accident qui vous rayât du nombre des magistrats. Vous ne pouvez éviter de me juger qu'en devenant nul,

---

1. **Un autre :** le rédacteur de la *Correspondance littéraire secrète* (Métra), numéro du 25 février 1775.
2. **Remplir l'horoscope entier :** réaliser complètement les prédictions du critique mentionné plus haut.
3. **Gens de feuilles :** journalistes (mot inventé par Beaumarchais).
4. **Une pétition de principe au-dessous de vos lumières :** une erreur de raisonnement indigne de votre intelligence.
5. **Que si :** et si.

Lettre modérée

négatif, anéanti, qu'en cessant d'exister en qualité de mon lecteur.

Eh ! quel tort vous fais-je en vous élevant au-dessus de moi ? Après le bonheur de commander aux hommes, le plus grand honneur, Monsieur, n'est-il pas de les juger ?

Voilà donc qui est arrangé. Je ne reconnais plus d'autre juge que vous ; sans excepter messieurs les spectateurs, qui, ne jugeant qu'en premier ressort, voient souvent leur sentence infirmée à votre tribunal[1].

L'affaire avait d'abord été plaidée devant eux au théâtre et ces messieurs ayant beaucoup ri, j'ai pu penser que j'avais gagné ma cause à l'audience. Point du tout ; le journaliste établi dans Bouillon prétend que c'est de moi qu'on a ri. Mais ce n'est là, Monsieur, comme on dit en style de palais[2], qu'une mauvaise chicane[3] de procureur, mon but ayant été d'amuser les spectateurs, qu'ils aient ri de ma pièce ou de moi, s'ils ont ri de bon cœur, le but est également rempli : ce que j'appelle avoir gagné ma cause à l'audience.

Le même journaliste assure encore, ou du moins laisse entendre, que j'ai voulu gagner quelques-uns de ces messieurs, en leur faisant des lectures particulières, en achetant d'avance leur suffrage, par cette prédilection[4]. Mais ce n'est encore là, Monsieur, qu'une difficulté de publiciste allemand[5]. Il est manifeste que mon intention n'a jamais été que de les instruire : c'étaient des espèces de consultations que je faisais sur le fond de l'affaire. Que si les consultants, après avoir donné leur avis, se sont mêlés parmi les juges, vous voyez bien, Monsieur, que je n'y pouvais rien de ma part, et que c'était à eux de se récuser

---

1. **Sentence infirmée à votre tribunal :** avis contredit par votre jugement.
2. **En style de palais :** à la façon des magistrats.
3. **Chicane :** difficulté suscitée dans un procès pour embrouiller une affaire.
4. **Prédilection :** préférence accordée à tel ou tel.
5. **Publiciste allemand :** juriste allemand. Allusion à Bouillon, ville de l'Empire germanique, et à un texte récent de Goëzman, « Lettre d'un publiciste allemand à un jurisconsulte français » (1770).

Lettre modérée

par délicatesse, s'ils se sentaient de la partialité pour mon barbier andalou.

180 Eh ! plût au Ciel qu'ils en eussent un peu conservé pour ce jeune étranger ! Nous aurions eu moins de peine à soutenir notre malheur éphémère. Tels sont les hommes : avez-vous du succès, ils vous accueillent, vous portent, vous caressent, ils s'honorent de vous ; mais gardez de
185 broncher dans la carrière[1] : au moindre échec, ô mes amis ! souvenez-vous qu'il n'est plus d'amis.

Et c'est précisément ce qui nous arriva le lendemain de la plus triste soirée[2]. Vous eussiez vu les faibles amis du *Barbier* se disperser, se cacher le visage ou s'enfuir ; les
190 femmes, toujours si braves[3] quand elles protègent, enfoncées dans les coqueluchons jusqu'aux panaches[4] et baissant des yeux confus ; les hommes courant se visiter, se faire amende honorable[5] du bien qu'ils avaient dit de ma pièce, et rejetant sur ma maudite façon de lire les choses
195 tout le faux plaisir qu'ils y avaient goûté. C'était une désertion totale, une vraie désolation.

Les uns lorgnaient à gauche, en me sentant passer à droite, et ne faisaient plus semblant de me voir : ah ! Dieux ! D'autres, plus courageux, mais s'assurant bien si
200 personne ne les regardait, m'attiraient dans un coin pour me dire : « Eh ! comment avez-vous produit en nous cette illusion ? Car il faut en convenir, mon ami, votre pièce est la plus grande platitude du monde.

– Hélas ! Messieurs, j'ai lu ma platitude, en vérité, tout pla-
205 tement comme je l'avais faite ; mais au nom de la bonté que

---

1. **Broncher dans la carrière :** faire un faux pas pendant l'exercice (vocabulaire équestre).
2. **La plus triste soirée :** la première du *Barbier de Séville*, le 23 février 1775.
3. **Braves :** courageuses.
4. **Dans les coqueluchons jusqu'aux panaches :** dans leurs capuches, jusqu'aux plumes qu'elles portent sur leur coiffure.
5. **Se faire amende honorable du bien qu'ils avaient dit :** s'avouer mutuellement qu'ils avaient eu tort de dire du bien.

Lettre modérée

vous avez de me parler encore après ma chute et pour l'honneur de votre second jugement, ne souffrez pas qu'on redonne la pièce au théâtre ; si, par malheur, on venait à la jouer comme je l'ai lue, on vous ferait peut-être une nouvelle tromperie, et vous vous en prendriez à moi de ne plus savoir quel jour vous eûtes raison ou tort ; ce qu'à Dieu ne plaise[1] ! »

On ne m'en crut point, on laissa rejouer la pièce, et pour le coup je fus prophète en mon pays. Ce pauvre Figaro, *fessé* par la cabale[2] *en faux-bourdon*[3] et presque enterré le vendredi, ne fit point comme Candide[4] ; il prit courage, et mon héros se releva le dimanche, avec une vigueur que l'austérité d'un carême[5] entier et la fatigue de dix-sept séances publiques[6] n'ont pas encore altérée. Mais qui sait combien cela durera ? Je ne voudrais pas jurer qu'il en fût seulement question dans cinq ou six siècles, tant notre nation est inconstante et légère !

Les ouvrages de théâtre, Monsieur, sont comme les enfants des femmes : conçus avec volupté, menés à terme avec fatigue, enfantés avec douleur et vivant rarement assez pour payer les parents de leurs soins, ils coûtent plus de chagrins qu'ils ne donnent de plaisirs. Suivez-les dans leur carrière : à peine ils voient le jour que, sous prétexte d'enflure, on leur applique les censeurs ; plu-

---

1. **Ce qu'à Dieu ne plaise :** ce qui n'est pas souhaitable.
2. **Cabale :** groupe de gens hostiles à la pièce.
3. **Faux-bourdon :** musique d'église. Allusion au conte de Voltaire, *Candide*, où Candide et Pangloss, victimes d'un autodafé, « marchèrent en procession ainsi vêtus, et entendirent un sermon très pathétique, suivi d'une belle musique en faux-bourdon. Candide fut fessé en cadence, pendant qu'on chantait... »
4. **Ne fit point comme Candide :** qui se laisse ensuite aller au désespoir, dans le conte de Voltaire.
5. **Carême :** période de quarante-six jours de privations entre mardi gras et le jour de Pâques, chez les chrétiens.
6. **Dix-sept séances publiques :** il y eut, pour *Le Barbier de Séville*, seize représentations publiques, et une privée, à la cour, entre le 23 février et le 27 mai 1775.

Lettre modérée

sieurs en sont restés en chartre[1]. Au lieu de jouer doucement avec eux, le cruel parterre les rudoie et les fait tomber. Souvent, en les berçant, le comédien les estropie. Les perdez-vous un instant de vue, on les retrouve, hélas ! traînant partout, mais dépenaillés, défigurés, rongés d'extraits[2] et couverts de critiques. Échappés à tant de maux, s'ils brillent un moment dans le monde, le plus grand de tous les atteint, le mortel oubli les tue ; ils meurent, et, replongés au néant, les voilà perdus à jamais dans l'immensité des livres.

Je demandais à quelqu'un pourquoi ces combats, cette guerre animée entre le parterre et l'auteur, à la première représentation des ouvrages, même de ceux qui devaient plaire un autre jour. « Ignorez-vous, me dit-il, que Sophocle[3] et le vieux Denys[4] sont morts de joie d'avoir remporté le prix des vers au théâtre ? Nous aimons trop nos auteurs pour souffrir qu'un excès de joie nous prive d'eux en les étouffant ; aussi, pour les conserver, avons-nous grand soin que leur triomphe ne soit jamais si pur, qu'ils puissent en expirer de plaisir. »

Quoi qu'il en soit des motifs de cette rigueur, l'enfant de mes loisirs, ce jeune, cet innocent *Barbier*, tant dédaigné le premier jour, loin d'abuser le surlendemain de son triomphe ou de montrer de l'humeur à ses critiques, ne s'en est que plus empressé de les désarmer par l'enjouement de son caractère.

Exemple rare et frappant, Monsieur, dans un siècle d'ergotisme[5] où l'on calcule tout jusqu'au rire ; où la plus légère diversité d'opinions fait germer des haines éternelles ; où

---

1. **En chartre :** au sens propre, « en prison » ; au figuré, se dit d'un enfant qui ne se développe pas bien.
2. **Extraits :** brèves présentations d'un livre, dans un journal.
3. **Sophocle :** Auteur tragique grec (vers 495-406 avant J.-C.).
4. **Le vieux Denys :** Denys l'Ancien (vers 430-367 avant J.-C.), tyran de Syracuse et poète.
5. **Ergotisme :** manie d'ergoter, de chicaner (néologisme de Beaumarchais).

Lettre modérée

tous les jeux tournent en guerre ; où l'injure qui repousse l'injure est à son tour payée par l'injure jusqu'à ce qu'une autre effaçant cette dernière en enfante une nouvelle, auteur de plusieurs autres, et propage ainsi l'aigreur à l'infini, depuis le rire jusqu'à la satiété, jusqu'au dégoût, à l'indignation même du lecteur le plus caustique.

Quant à moi, Monsieur, s'il est vrai, comme on l'a dit, que tous les hommes sont frères (et c'est une belle idée), je voudrais qu'on pût engager nos frères les gens de lettres à laisser, en discutant, le ton rogue et tranchant à nos frères les libellistes[1], qui s'en acquittent si bien ! ainsi que les injures à nos frères les plaideurs... qui ne s'en acquittent pas mal non plus. Je voudrais surtout qu'on pût engager nos frères les journalistes à renoncer à ce ton pédagogue et magistral avec lequel ils gourmandent[2] les fils d'Apollon[3] et font rire la sottise aux dépens de l'esprit.

Ouvrez un journal : ne semble-t-il pas voir un dur répétiteur, la férule[4] ou la verge levée sur les écoliers négligents, les traiter en esclaves au plus léger défaut dans le devoir ? Eh ! Mes frères, il s'agit bien de devoir ici ! La littérature en est le délassement et la douce récréation.

À mon égard au moins, n'espérez pas asservir dans ses jeux mon esprit à la règle : il est incorrigible, et, la classe du devoir une fois fermée, il devient si léger et badin que je ne puis que jouer avec lui. Comme un liège emplumé[5] qui bondit sur la raquette, il s'élève, il retombe, égaye mes yeux, repart en l'air, y fait la roue et revient encore. Si quelque joueur adroit veut entrer en partie et ballotter à nous deux le léger volant de mes pensées, de tout mon

---

1. **Libellistes :** auteurs de libelles, courts écrits diffamatoires.
2. **Gourmandent :** critiquent, réprimandent.
3. **Les fils d'Apollon :** les poètes.
4. **Férule :** règle servant à punir les écoliers.
5. **Liège emplumé :** volant.

Lettre modérée

cœur, s'il riposte avec grâce et légèreté, le jeu m'amuse et la partie s'engage. Alors on pourrait voir les coups portés, parés, reçus, rendus, accélérés, pressés, relevés même avec une prestesse, une agilité propre à réjouir autant les spectateurs qu'elle animerait les acteurs.

Telle, au moins, Monsieur, devrait être la critique ; et c'est ainsi que j'ai toujours conçu la dispute entre les gens polis qui cultivent les lettres.

Voyons, je vous prie, si le journaliste de Bouillon a conservé dans sa critique ce caractère aimable et surtout de candeur pour lequel on vient de faire des vœux.

« La pièce est une farce », dit-il.

Passons sur les qualités. Le méchant nom qu'un cuisinier étranger donne aux ragoûts français ne change rien à leur saveur : c'est en passant par ses mains qu'ils se dénaturent. Analysons la farce de Bouillon.

« La pièce, a-t-il dit, n'a pas de plan. »

Est-ce parce qu'il est trop simple qu'il échappe à la sagacité de ce critique adolescent ?

Un vieillard amoureux prétend épouser demain sa pupille ; un jeune amant plus adroit le prévient, et ce jour même en fait sa femme, à la barbe et dans la maison du tuteur. Voilà le fond, dont on eût pu faire, avec un égal succès, une tragédie, une comédie, un drame, un opéra, *et cætera. L'Avare* de Molière est-il autre chose ? Le grand *Mithridate*[1] est-il autre chose ? Le genre d'une pièce, comme celui de toute action, dépend moins du fond des choses que des caractères qui les mettent en œuvre.

Quant à moi, ne voulant faire, sur ce plan, qu'une pièce amusante et sans fatigue, une espèce d'*imbroille*[2], il m'a suffi que le machiniste[3], au lieu d'être un noir scélérat, fût un drôle de garçon, un homme insouciant qui rit également du succès et de la chute de ses entreprises, pour que l'ouvrage, loin de tourner en drame sérieux, devînt

---

1. **Mithridate :** tragédie de Racine (1673).
2. **Imbroille :** mot tiré de l'italien *imbroglio*. Embrouillement, confusion.
3. **Machiniste :** celui qui mène l'intrigue.

Lettre modérée

une comédie fort gaie ; et de cela seul que le tuteur est un peu moins sot que tous ceux qu'on trompe au théâtre, il a résulté beaucoup de mouvement dans la pièce, et surtout la nécessité d'y donner plus de ressort aux intrigants.

Au lieu de rester dans ma simplicité comique, si j'avais voulu compliquer, étendre et tourmenter mon plan à la manière tragique ou *dramique*[1], imagine-t-on que j'aurais manqué de moyens dans une aventure dont je n'ai mis en scène que la partie la moins merveilleuse ?

En effet, personne aujourd'hui n'ignore qu'à l'époque historique où la pièce finit gaiement dans mes mains, la querelle commença sérieusement à s'échauffer, comme qui dirait derrière la toile, entre le docteur et Figaro, sur les cent écus. Des injures, on en vint aux coups. Le docteur, étrillé par Figaro, fit tomber en se débattant le *rescille*[2] ou filet qui coiffait le barbier, et l'on vit, non sans surprise, une forme de spatule[3] imprimée à chaud sur sa tête rasée. Suivez-moi, Monsieur, je vous prie.

À cet aspect, moulu de coups qu'il est, le médecin s'écrie avec transport : « Mon fils ! ô Ciel, mon fils ! mon cher fils !... » Mais avant que Figaro l'entendît, il a redoublé de horions[4] sur son cher père. En effet, ce l'était.

Ce Figaro, qui pour toute famille avait jadis connu sa mère, est fils naturel de Bartholo. Le médecin, dans sa jeunesse, eut cet enfant d'une personne en condition[5], que les suites de son imprudence firent passer du service au plus affreux abandon.

Mais avant de les quitter, le désolé Bartholo, frater[6] alors, a fait rougir sa spatule ; il en a timbré son fils à l'occiput, pour le reconnaître un jour, si jamais le sort les rassemble. La

---

1. **Dramique :** adjectif formé sur « drame » et désignant un nouveau genre théâtral.
2. **Rescille :** filet qui retient les cheveux de la perruque de Figaro.
3. **Spatule :** instrument de chirurgien ou d'apothicaire.
4. **Horions :** coups.
5. **Personne en condition :** domestique.
6. **Frater :** garçon chirurgien.

Lettre modérée

mère et l'enfant avaient passé six années dans une honorable mendicité, lorsqu'un chef de bohémiens, descendu de Luc Gauric[1], traversant l'Andalousie avec sa troupe, et consulté par la mère sur le destin de son fils, déroba l'enfant furtivement, et laissa par écrit cet horoscope à sa place :

Après avoir versé le sang dont il est né,
Ton fils assommera son père infortuné.
Puis, tournant sur lui-même et le fer et le crime,
Il se frappe, et devient heureux et légitime.

En changeant d'état sans le savoir, l'infortuné jeune homme a changé de nom sans le vouloir ; il s'est élevé sous celui de Figaro ; il a vécu. Sa mère est cette Marceline, devenue vieille et gouvernante chez le docteur, que l'affreux horoscope de son fils a consolé de sa perte. Mais aujourd'hui tout s'accomplit.

En saignant Marceline au pied, comme on le voit dans ma pièce, ou plutôt comme on ne l'y voit pas[2], Figaro remplit le premier vers :

Après avoir versé le sang dont il est né.

Quand il étrille innocemment le docteur, après la toile tombée, il accomplit le second vers :

Ton fils assommera son père infortuné.

À l'instant, la plus touchante reconnaissance a lieu entre le médecin, la vieille et Figaro[3] : *C'est vous ! C'est lui ! C'est*

---

1. **Luc Gauric :** dignitaire de l'Église, mathématicien et astrologue italien (1476-1588).
2. **Comme on ne l'y voit pas :** Marceline n'apparaît pas dans *Le Barbier de Séville*. Elle n'est que mentionnée. Elle apparaîtra dans *Le Mariage de Figaro*.
3. **La plus touchante reconnaissance [...] et Figaro :** scène du *Mariage de Figaro* (III,16).

toi ! C'est moi ! Quel coup de théâtre ! Mais le fils, au désespoir de son innocente vivacité, fond en larmes et se donne un coup de rasoir, selon le sens du troisième vers :

Puis, tournant sur lui-même et le fer et le crime,
Il se frappe, et...

Quel tableau ! En n'expliquant point si, du rasoir, il se coupe la gorge ou seulement le poil du visage, on voit que j'avais le choix de finir ma pièce au plus grand pathétique. Enfin, le docteur épouse la vieille ; et Figaro, suivant la dernière leçon,

...devient heureux et légitime.

Quel dénouement ! Il ne m'en eût coûté qu'un sixième acte. Et quel sixième acte ! Jamais tragédie au Théâtre-Français... Il suffit. Reprenons ma pièce en l'état où elle a été jouée et critiquée. Lorsqu'on me reproche avec aigreur ce que j'ai fait, ce n'est pas l'instant de louer ce que j'aurais pu faire.

« La pièce est invraisemblable dans sa conduite », a dit encore le journaliste établi dans Bouillon avec approbation et privilège.

Invraisemblable ! Examinons cela par plaisir.

Son Excellence M. le comte Almaviva, dont j'ai depuis longtemps l'honneur d'être ami particulier, est un jeune seigneur, ou pour mieux dire était, car l'âge et les grands emplois en ont fait depuis un homme fort grave, ainsi que je le suis devenu moi-même. Son Excellence était donc un jeune seigneur espagnol, vif, ardent, comme tous les amants de sa nation, que l'on croit froide et qui n'est que paresseuse.

Il s'était mis secrètement à la poursuite d'une belle personne qu'il avait entrevue à Madrid et que son tuteur a bientôt ramenée au lieu de sa naissance. Un matin qu'il se promenait sous ses fenêtres à Séville, où depuis huit jours il cherchait à s'en faire remarquer, le hasard conduisit au même endroit Figaro le barbier. – Ah ! le hasard ! dira mon critique ; et si le hasard n'eût pas conduit ce jour-là le barbier dans cet endroit, que devenait la pièce ? – Elle eût

Lettre modérée

commencé, mon frère, à quelque autre époque. – Impossible puisque le tuteur, selon vous-même, épousait le lendemain. – Alors il n'y aurait pas eu de pièce ou, s'il y en avait eu, mon frère, elle aurait été différente. Une chose est-elle invraisemblable, parce qu'elle était possible autrement ?

Réellement, vous avez un peu d'humeur. Quand le cardinal de Retz[1] nous dit froidement : « Un jour j'avais besoin d'un homme ; à la vérité, je ne voulais qu'un fantôme ; j'aurais désiré qu'il fût petit-fils de Henri le Grand[2], qu'il eût de longs cheveux blonds ; qu'il fût beau, bien fait, bien séditieux ; qu'il eût le langage et l'amour des Halles[3] : et voilà que le hasard me fait rencontrer à Paris M. de Beaufort[4], échappé de la prison du Roi ; c'était justement l'homme qu'il me fallait », va-t-on dire au coadjuteur[5] : « Ah ! le hasard ! Mais si vous n'eussiez pas rencontré M. de Beaufort ? Mais ceci, mais cela... » ?

Le hasard donc conduisit en ce même endroit Figaro le barbier, beau diseur, mauvais poète, hardi musicien, grand fringueneur de guitare[6] et jadis valet de chambre du Comte ; établi dans Séville, y faisant avec succès des barbes, des romances et des mariages ; y maniant également le fer du phlébotome[7] et le piston[8] du pharmacien ; la terreur des maris, la coqueluche des femmes, et justement l'homme qu'il nous fallait. Et comme, en toute recherche, ce qu'on nomme passion n'est autre chose

---

1. **Le cardinal de Retz :** homme politique et écrivain (1613-1679). Un des acteurs de la Fronde, il est l'auteur de *Mémoires* dont Beaumarchais s'inspire librement ici.
2. **Henri le Grand :** Henri IV.
3. **L'amour des Halles :** l'homme chéri du peuple.
4. **M. de Beaufort :** petit-fils d'Henri IV, un des chefs de la Fronde, surnommé « le roi des Halles ».
5. **Coadjuteur :** le mot désigne le cardinal de Retz, coadjuteur, c'est-à-dire auxiliaire de l'archevêque de Paris.
6. **Fringueneur :** mot inventé par Beaumarchais, formé sur le verbe « fringuer », sautiller en dansant ou en jouant d'un instrument.
7. **Phlébotome :** bistouri de chirurgien, destiné aux saignées.
8. **Piston :** instrument destiné aux lavements.

Lettre modérée

qu'un désir irrité par la contradiction, le jeune amant, qui n'eût peut-être eu qu'un goût de fantaisie pour cette beauté, s'il l'eût rencontrée dans le monde, en devient amoureux parce qu'elle est enfermée, au point de faire l'impossible pour l'épouser.

Mais vous donner ici l'extrait entier de la pièce, Monsieur, serait douter de la sagacité, de l'adresse avec laquelle vous saisirez le dessein[1] de l'auteur, et suivrez le fil de l'intrigue, en la lisant. Moins prévenu[2] que le journal de Bouillon, qui se trompe avec approbation et privilège sur toute la conduite de cette pièce, vous verrez que *tous les soins de l'amant* ne *sont* pas *destinés à remettre simplement une lettre*, qui n'est là qu'un léger accessoire à l'intrigue, mais bien à s'établir dans un fort défendu par la vigilance et le soupçon, surtout à tromper un homme qui, sans cesse éventant la manœuvre, oblige l'ennemi de se retourner assez lestement pour n'être pas désarçonné d'emblée. Et lorsque vous verrez que tout le mérite du dénouement consiste en ce que le tuteur a fermé sa porte en donnant son passe-partout à Bazile, pour que lui seul et le notaire pussent entrer et conclure son mariage, vous ne laisserez pas d'être étonné qu'un critique aussi équitable se joue de la confiance de son lecteur, ou se trompe au point d'écrire, et dans Bouillon encore : *Le comte s'est donné la peine de monter au balcon par une échelle avec Figaro, quoique la porte ne soit pas fermée.*

Enfin, lorsque vous verrez le malheureux tuteur, abusé par toutes les précautions qu'il prend pour ne le point être, à la fin forcé de signer au contrat du Comte et d'approuver ce qu'il n'a pu prévenir[3], vous laisserez au critique à décider si ce tuteur était un *imbécile* de ne pas deviner une intrigue dont on lui cachait tout, lorsque lui,

---

1. **Dessein :** intention.
2. **Prévenu :** qui a une idée arrêtée, favorable ou défavorable, sur quelque chose.
3. **Prévenir :** ici, empêcher.

Lettre modérée

critique à qui l'on ne cachait rien, ne l'a pas devinée plus que le tuteur.

En effet, s'il l'eût bien conçue, aurait-il manqué de louer tous les beaux endroits de l'ouvrage ?

Qu'il n'ait point remarqué la manière dont le premier acte annonce et déploie avec gaieté tous les caractères de la pièce, on peut lui pardonner.

Qu'il n'ait pas aperçu quelque peu de comédie dans la grande scène du second acte[1], où, malgré la défiance et la fureur du jaloux, la pupille parvient à lui donner le change sur une lettre remise en sa présence, et à lui faire demander pardon à genoux du soupçon qu'il a montré, je le conçois encore aisément.

Qu'il n'ait pas dit un seul mot de la scène de stupéfaction de Bazile au troisième acte[2], qui a paru si neuve au théâtre et a tant réjoui les spectateurs, je n'en suis point surpris du tout.

Passe encore qu'il n'ait pas entrevu l'embarras où l'auteur s'est jeté volontairement au dernier acte, en faisant avouer par sa pupille à son tuteur que le Comte avait dérobé la clef de la jalousie ; et comment l'auteur s'en démêle en deux mots, et sort en se jouant de la nouvelle inquiétude qu'il a imprimée aux spectateurs[3]. C'est peu de chose en vérité.

Je veux bien qu'il ne lui soit pas venu à l'esprit que la pièce, une des plus gaies qui soient au théâtre, est écrite sans la moindre équivoque, sans une pensée, sans un seul mot dont la pudeur, même des petites loges[4], ait à s'alarmer ; ce qui pourtant est bien quelque chose, Monsieur, dans un siècle où l'hypocrisie de la décence est poussée presque aussi loin que le relâchement des mœurs. Très

---

1. **Grande scène du second acte :** scène 15.
2. **Scène de stupéfaction [...] au troisième acte :** scène 11.
3. **Au dernier acte [...] spectateur :** voir acte IV, scènes 3 et 8.
4. **Petites loges :** loges fermées par des grilles où les femmes de la bonne société pouvaient assister aux représentations sans être vues.

Lettre modérée

volontiers. Tout cela sans doute pouvait n'être pas digne de l'attention d'un critique aussi majeur.

Mais comment n'a-t-il pas admiré ce que tous les honnêtes gens n'ont pu voir sans répandre des larmes de tendresse et de plaisir ? Je veux dire : la piété filiale de ce bon Figaro, qui ne saurait oublier sa mère ! *Tu connais donc ce tuteur ?* lui dit le Comte au premier acte. *Comme ma mère*, répondit Figaro. Un avare aurait dit : *Comme mes poches.* Un petit-maître[1] eût répondu : *Comme moi-même.* Un ambitieux : *Comme le chemin de Versailles.* Et le journaliste de Bouillon : *Comme mon libraire* ; les comparaisons de chacun se tirant toujours de l'objet intéressant. *Comme ma mère*, a dit le fils tendre et respectueux.

Dans un autre endroit encore : *Ah ! Vous êtes charmant !* lui dit le tuteur. Et ce bon, cet honnête garçon, qui pouvait gaiement assimiler cet éloge à tous ceux qu'il a reçus de ses maîtresses, en revient toujours à sa bonne mère, et répond à ce mot : *Vous êtes charmant ! – Il est vrai, Monsieur, que ma mère me l'a dit autrefois.* Et le journal de Bouillon ne relève point de pareils traits ! Il faut avoir le cerveau bien desséché pour ne pas les voir, ou le cœur bien dur pour ne pas les sentir !

Sans compter mille autres finesses de l'art répandues à pleines mains dans cet ouvrage. Par exemple, on sait que les comédiens ont multiplié chez eux les emplois à l'infini : emplois de grande, moyenne et petite amoureuse ; emplois de grands, moyens et petits valets ; emplois de niais, d'important, de croquant[2], de paysan, de tabellion[3], de bailli[4] ; mais on sait qu'ils n'ont pas encore appointé[5] celui du bâillant. Qu'a fait l'auteur pour former un comédien peu exercé au talent d'ouvrir largement la bouche au théâtre ? Il s'est donné le soin

---

1. **Petit-maître :** jeune homme prétentieux, arrogant et maniéré.
2. **Croquant :** paysan, homme de rang social négligeable.
3. **Tabellion :** notaire.
4. **Bailli :** homme de justice.
5. **Appointé :** rétribué.

Lettre modérée

de lui rassembler, dans une seule phrase, toutes les syllabes bâillantes du français : *Rien... qu'en... l'en... ten...*
dant... parler...[1], syllabes en effet qui feraient bâiller un mort, et parviendraient à desserrer les dents mêmes de l'envie !

En cet endroit admirable où, pressé par les reproches du tuteur qui lui crie : *Que direz-vous à ce malheureux qui bâille et dort tout éveillé ? Et à l'autre qui, depuis trois heures, éternue à se faire sauter le crâne et jaillir la cervelle ? Que leur direz-vous ?* Le naïf barbier répond : *Eh ! parbleu, je dirai à celui qui éternue : « Dieu vous bénisse ! » et : « va te coucher » à celui qui bâille.*[2] Réponse en effet si juste, si chrétienne et si admirable, qu'un de ces fiers critiques qui ont leurs entrées au paradis[3], n'a pu s'empêcher de s'écrier : « Diable ! l'auteur a dû rester au moins huit jours à trouver cette réplique. »

Et le journal de Bouillon, au lieu de louer ces beautés sans nombre, use encre et papier, approbation et privilège, à mettre un pareil ouvrage au-dessous même de la critique ! On me couperait le cou, Monsieur, que je ne saurais m'en taire.

N'a-t-il pas été jusqu'à dire, le cruel ! que, *pour ne pas voir expirer ce barbier sur le théâtre, il a fallu le mutiler, le changer, le refondre, l'élaguer, le réduire en quatre actes et le purger d'un grand nombre de pasquinades*[4], *de calembours, de jeux de mots, en un mot de bas comique ?*

À le voir ainsi frapper comme un sourd, on juge assez qu'il n'a pas entendu le premier mot de l'ouvrage qu'il décompose. Mais j'ai l'honneur d'assurer ce journaliste, ainsi que le jeune homme qui lui taille ses plumes et ses morceaux[5], que, loin d'avoir purgé la pièce d'aucun des

---

1. **Rien [...] parler :** voir acte II, scène 6.
2. **[...] à celui qui bâille :** voir acte III, scène 5.
3. **Paradis :** galerie supérieure d'un théâtre.
4. **Pasquinades :** railleries satiriques.
5. **Morceaux :** morceaux de nourriture. L'expression « tailler les morceaux » peut signifier préparer le travail de telle façon qu'il ne reste rien à faire, ou donner des ordres (à quelqu'un).

Lettre modérée

calembours, jeux de mots, etc., qui lui eussent nui le premier jour, l'auteur a fait rentrer dans les actes restés au théâtre tout ce qu'il en a pu reprendre à l'acte au portefeuille[1] : tel un charpentier économe cherche, dans ses copeaux épars sur le chantier, tout ce qui peut servir à cheviller et à boucher les moindres trous de son ouvrage.

Passerons-nous sous silence le reproche aigu qu'il fait à la jeune personne d'avoir *tous les défauts d'une fille mal élevée ?* Il est vrai que pour échapper aux conséquences d'une telle imputation[2], il tente à la rejeter sur autrui, comme s'il n'en était pas l'auteur, en employant cette expression brutale : *On trouve à la jeune personne*, etc. On trouve !...

Que voulait-il donc qu'elle fît ? Qu'au lieu de se prêter aux vues d'un jeune amant très aimable et qui se trouve un homme de qualité, notre charmante enfant épousât le vieux podagre[3] médecin ? Le noble établissement qu'il lui destinait là ! Et parce qu'on n'est pas de l'avis de Monsieur, on a *tous les défauts d'une fille mal élevée !*

En vérité, si le journal de Bouillon se fait des amis en France par la justesse et la candeur de ses critiques, il faut avouer qu'il en aura beaucoup moins au-delà des Pyrénées, et qu'il est surtout un peu bien dur pour les dames espagnoles.

Eh ! qui sait si Son Excellence Madame la comtesse Almaviva, l'exemple des femmes de son état et vivant comme un ange avec son mari, quoiqu'elle ne l'aime plus, ne se ressentira pas un jour des libertés qu'on se donne à Bouillon sur elle, avec approbation et privilège ?

L'imprudent journaliste a-t-il au moins réfléchi que Son Excellence ayant, par le rang de son mari, le plus grand

---

1. **L'acte au portefeuille :** l'acte supprimé après la première représentation, et donc resté dans le dossier (le « portefeuille ») de l'auteur.
2. **Imputation :** accusation.
3. **Podagre :** personne souffrant de la goutte, maladie inflammatoire qui atteint les articulations.

Lettre modérée

crédit dans les bureaux, eût pu lui faire obtenir quelque pension sur la *Gazette d'Espagne* ou la *Gazette* elle-même, et que, dans la carrière qu'il embrasse, il faut plus de ménagements pour les femmes de qualité ? Qu'est-ce que cela me fait, à moi ? L'on sent bien que c'est pour lui seul que j'en parle.

Il est temps de laisser cet adversaire, quoiqu'il soit à la tête des gens qui prétendent que, *n'ayant pu me soutenir en cinq actes, je me suis mis en quatre pour ramener le public*. Eh ! quand cela serait ? Dans un moment d'oppression, ne vaut-il pas mieux sacrifier un cinquième de son bien que de le voir tout entier au pillage ?

Mais ne tombez pas, cher lecteur... (Monsieur, veux-je dire), ne tombez pas, je vous prie, dans une erreur populaire qui ferait grand tort à votre jugement.

Ma pièce, qui paraît n'être aujourd'hui qu'en quatre actes, est réellement et de fait en cinq, qui sont le premier, le deuxième, le troisième, le quatrième et le cinquième, à l'ordinaire[1].

Il est vrai que, le jour du combat, voyant les ennemis acharnés, le parterre ondulant, agité, grondant au loin comme les flots de la mer et trop certain que ces mugissements sourds, précurseurs des tempêtes, ont amené plus d'un naufrage, je vins à réfléchir que beaucoup de pièces en cinq actes (comme la mienne), toutes très bien faites d'ailleurs (comme la mienne), n'auraient pas été au Diable en entier (comme la mienne), si l'auteur eût pris un parti vigoureux (comme le mien).

« Le dieu des cabales est irrité ! » dis-je aux comédiens avec force :

Enfants ! un sacrifice est ici nécessaire.

Alors, faisant la part au Diable et déchirant mon manuscrit :

« Dieu des siffleurs, moucheurs, cracheurs, tousseurs et perturbateurs, m'écriai-je, il te faut du sang ? Bois mon quatrième acte et que ta fureur s'apaise ! »

---

1. **À l'ordinaire :** comme cela se fait d'habitude.

Lettre modérée

À l'instant vous eussiez vu ce bruit infernal qui faisait pâlir et broncher les acteurs, s'affaiblir, s'éloigner, s'anéantir, l'applaudissement lui succéder, et des bas-fonds du parterre un *bravo* général s'élever, en circulant, jusqu'aux hauts bancs du paradis.

De cet exposé, Monsieur, il suit que ma pièce est restée en cinq actes, qui sont le premier, le deuxième, le troisième au théâtre, le quatrième au Diable et le cinquième avec les trois premiers. Tel auteur même vous soutiendra que ce quatrième acte, qu'on n'y voit point, n'en est pas moins celui qui fait le plus de bien à la pièce, en ce qu'on ne l'y voit point.

Laissons jaser le monde; il me suffit d'avoir prouvé mon dire ; il me suffit, en faisant mes cinq actes, d'avoir montré mon respect pour Aristote, Horace, Aubignac[1] et les Modernes[2], et d'avoir mis ainsi l'honneur de la règle à couvert.

Par le second arrangement, le diable a son affaire ; mon char n'en roule pas moins bien sans la cinquième roue, le public est content, je le suis aussi. Pourquoi le journal de Bouillon ne l'est-il pas ? – Ah ! pourquoi ? C'est qu'il est bien difficile de plaire à des gens qui, par métier, doivent ne jamais trouver les choses gaies assez sérieuses, ni les graves assez enjouées.

Je me flatte, Monsieur, que cela s'appelle raisonner principes[3] et que vous n'êtes pas mécontent de mon petit syllogisme.

Reste à répondre aux observations dont quelques personnes ont honoré le moins important des drames hasardés depuis un siècle au théâtre.

---

1. Aristote (vers 384-322 avant J.-C.), Horace (vers 65-68 avant J.-C.), et l'abbé Aubignac (1604-1676) ont notamment écrit des traités sur les règles du théâtre, qui sont des références pour les dramaturges.
2. **Les Modernes :** ici, les théoriciens modernes, comme Boileau (1636-1711).
3. **Raisonner principes :** raisonner conformément aux règles du raisonnement.

Lettre modérée

Je mets à part les lettres écrites aux comédiens, à moi-même, sans signature et vulgairement appelées anonymes ; on juge, à l'âpreté du style, que leurs auteurs, peu versés dans la critique, n'ont pas assez senti qu'une mauvaise pièce n'est point une mauvaise action, et que telle injure, convenable à un méchant homme, est toujours déplacée à un méchant écrivain. Passons aux autres.

Des connaisseurs ont remarqué que j'étais tombé dans l'inconvénient de faire critiquer des usages français par un plaisant de Séville à Séville, tandis que la vraisemblance exigeait qu'il s'étayât sur les mœurs espagnoles. Ils ont raison ; j'y avais même tellement pensé que, pour rendre la vraisemblance encore plus parfaite, j'avais d'abord résolu d'écrire et de faire jouer la pièce en langage espagnol ; mais un homme de goût m'a fait observer qu'elle en perdrait peut-être un peu de sa gaieté pour le public de Paris, raison qui m'a déterminé à l'écrire en français ; en sorte que j'ai fait, comme on voit, une multitude de sacrifices à la gaieté, mais sans pouvoir parvenir à dérider le journal de Bouillon.

Un autre amateur, saisissant l'instant qu'il y avait beaucoup de monde au foyer[1], m'a reproché, du ton le plus sérieux, que ma pièce ressemblait à *On ne s'avise jamais de tout*[2]. « Ressembler, Monsieur ! Je soutiens que ma pièce est *On ne s'avise jamais de tout* lui-même. – Et comment cela ? – C'est qu'on ne s'était pas encore avisé de ma pièce. » L'amateur resta court, et l'on en rit d'autant plus que celui-là qui me reprochait *On ne s'avise jamais de tout* est un homme qui ne s'est jamais avisé de rien.

Quelques jours après (ceci est plus sérieux), chez une dame incommodée, un monsieur grave, en habit noir,

---

1. **Foyer :** foyer du théâtre, lieu où les acteurs et actrices se rassemblaient et se réchauffaient, en hiver.
2. ***On ne s'avise jamais de tout :*** titre d'un opéra-comique de Sedaine et Monsigny (1761).

46

Lettre modérée

coiffure bouffante et canne à corbin[1], lequel touchait légèrement le poignet de la dame, proposa civilement plusieurs doutes sur la vérité des traits que j'avais lancés contre les médecins. « Monsieur, lui dis-je, êtes-vous ami de quelqu'un d'eux ? Je serais désolé qu'un badinage... – On ne peut pas moins ; je vois que vous ne me connaissez pas, je ne prends jamais le parti d'aucun, je parle ici pour le corps en général. » Cela me fit beaucoup chercher quel homme ce pouvait être. « En fait de plaisanterie, ajoutai-je, vous savez, Monsieur, qu'on ne demande jamais si l'histoire est vraie, mais si elle est bonne. – Eh ! croyez-vous moins perdre à cet examen qu'au premier ? – À merveille, docteur, dit la dame. Le monstre qu'il est ! n'a-t-il pas osé parler mal aussi de nous ? Faisons cause commune. »

À ce mot de docteur, je commençai à soupçonner qu'elle parlait à son médecin. « Il est vrai, Madame et Monsieur, repris-je avec modestie, que je me suis permis ces légers torts, d'autant plus aisément qu'ils tirent moins à conséquence. »

Eh ! qui pourrait nuire à deux corps puissants dont l'empire embrasse l'univers et se partage le monde ? Malgré les envieux, les belles y régneront toujours par le plaisir, et les médecins par la douleur, et la brillante santé nous ramène à l'Amour, comme la maladie nous rend à la médecine.

Cependant, je ne sais si, dans la balance des avantages, la Faculté ne l'emporte pas un peu sur la Beauté. Souvent on voit les belles nous renvoyer aux médecins ; mais plus souvent encore les médecins nous gardent et ne nous renvoient plus aux belles.

En plaisantant donc, il faudrait peut-être avoir égard à la différence des ressentiments et songer que, si les belles se vengent en se séparant de nous, ce n'est qu'un mal négatif ; au lieu que les médecins se vengent en s'en emparant, ce qui devient très positif.

---

1. **Canne à corbin :** canne à pommeau recourbé, comme un bec de corbeau.

Lettre modérée

Que, quand ces derniers nous tiennent, ils font de nous tout ce qu'ils veulent ; au lieu que les belles, toutes belles qu'elles sont, n'en font jamais que ce qu'elles peuvent.

Que le commerce des belles nous les rend bientôt moins nécessaires ; au lieu que l'usage des médecins finit par nous les rendre indispensables.

Enfin, que l'un de ces empires ne semble établi que pour assurer la durée de l'autre puisque, plus la verte jeunesse est livrée à l'Amour, plus la pâle vieillesse appartient sûrement à la médecine.

Au reste, ayant fait contre moi cause commune, il était juste, madame et monsieur, que je vous offrisse en commun mes justifications. Soyez donc persuadés que, faisant profession d'adorer les belles et de redouter les médecins, c'est toujours en badinant que je dis du mal de la Beauté ; comme ce n'est jamais sans trembler que je plaisante un peu la Faculté.

Ma déclaration n'est point suspecte à votre égard, Mesdames, et mes plus acharnés ennemis sont forcés d'avouer que, dans un instant d'humeur où mon dépit contre une belle allait s'épancher trop librement sur toutes les autres, on m'a vu m'arrêter tout court au vingt-cinquième couplet, et, par le plus prompt repentir, faire ainsi, dans le vingt-sixième, amende honorable aux belles irritées :

Sexe charmant, si je décèle
Votre cœur en proie au désir,
Souvent à l'amour infidèle,
Mais toujours fidèle au plaisir,
D'un badinage, ô mes Déesses !
Ne cherchez point à vous venger :
Tel glose[1], *hélas ! sur vos faiblesses*
Qui brûle de les partager[2].

---

1. **Glose (sur)** : critique, censure.
2. ***Sexe charmant [...] Qui brûle de les partager :*** Beaumarchais reprend ici le dernier couplet de *La Galerie des femmes du siècle passé*, vaudeville de sa composition.

Lettre modérée

Quant à vous, monsieur le Docteur, on sait assez que Molière...

– Au désespoir, dit-il en se levant, de ne pouvoir profiter plus longtemps de vos lumières : mais l'humanité qui gémit ne doit pas souffrir de mes plaisirs. » Il me laissa, ma foi, la bouche ouverte avec ma phrase en l'air. « Je ne sais pas, dit la belle malade en riant, si je vous pardonne ; mais je vois bien que notre docteur ne vous pardonne pas. – Le nôtre, Madame ? Il ne sera jamais le mien. – Eh ! pourquoi ? – Je ne sais ; je craindrais qu'il ne fût au-dessous de son état, puisqu'il n'est jamais au-dessus des plaisanteries qu'on en peut faire. »

Ce docteur n'est pas de mes gens. L'homme assez consommé dans son art pour en avouer de bonne foi l'incertitude, assez spirituel pour rire avec moi de ceux qui le disent infaillible : tel est mon médecin. En me rendant ses soins qu'ils appellent des visites, en me donnant ses conseils qu'ils nomment des ordonnances, il remplit dignement et sans faste la plus noble fonction d'une âme éclairée et sensible. Avec plus d'esprit, il calcule plus de rapports, et c'est tout ce qu'on peut dans un art aussi utile qu'incertain. Il me raisonne, il me console, il me guide et la nature fait le reste. Aussi, loin de s'offenser de la plaisanterie, est-il le premier à l'opposer au pédantisme. À l'infatué[1] qui lui dit gravement: « De quatre-vingts fluxions de poitrine que j'ai traitées cet automne, un seul malade a péri dans mes mains », mon docteur répond en souriant : « Pour moi, j'ai prêté mes secours à plus de cent cet hiver ; hélas ! je n'en ai pu sauver qu'un seul. » Tel est mon aimable[2] médecin.

– Je le connais. – Vous permettez bien que je ne l'échange pas contre le vôtre. Un pédant n'aura pas plus ma confiance en maladie qu'une bégueule[3] n'obtiendrait mon hommage en santé. Mais je ne suis qu'un sot. Au

---

1. **Infatué :** prétentieux, personne imbue d'elle-même.
2. **Aimable :** digne d'être aimé.
3. **Bégueule :** femme sotte, ridicule.

Lettre modérée

lieu de vous rappeler mon amende honorable[1] au beau sexe, je devais lui chanter le couplet de la bégueule ; il est tout fait pour lui.

Pour égayer ma poésie,
Au hasard j'assemble des traits ;
J'en fais, peintre de fantaisie,
Des tableaux, jamais des portraits.
La femme d'esprit, qui s'en moque,
Sourit finement à l'auteur ;
Pour l'imprudente qui s'en choque,
Sa colère est son délateur.

– À propos de chanson, dit la dame, vous êtes bien honnête d'avoir été donner votre pièce aux Français[2] ! Moi qui n'ai de petite loge qu'aux Italiens[3] ! Pourquoi n'en avoir pas fait un opéra-comique ? Ce fut, dit-on, votre première idée. La pièce est d'un genre à comporter de la musique.

– Je ne sais si elle est propre à la supporter, ou si je m'étais trompé d'abord en le supposant ; mais, sans entrer dans les raisons qui m'ont fait changer d'avis, celle-ci, madame, répond à tout :

« Notre musique dramatique ressemble trop encore à notre musique chansonnière pour en attendre un véritable intérêt ou de la gaieté franche. Il faudra commencer à l'employer sérieusement au théâtre quand on sentira bien qu'on ne doit y chanter que pour parler ; quand nos musiciens se rapprocheront de la nature, et surtout cesseront de s'imposer l'absurde loi de toujours revenir à la première partie d'un air après qu'ils en ont dit la seconde. Est-ce qu'il y a des reprises et des rondeaux[4] dans un

---

1. **Mon amende honorable** : que j'ai demandé pardon.
2. **Aux Français** : au Théâtre-Français, à la Comédie-Française.
3. **Aux Italiens** : au Théâtre-Italien.
4. **Rondeaux** : pièces de musique instrumentale, dont le premier couplet se répète après chacun des autres couplets.

Lettre modérée

drame ? Ce cruel radotage est la mort de l'intérêt et dénote un vide insupportable dans les idées.

Moi qui ai toujours chéri la musique sans inconstance et même sans infidélité, souvent, aux pièces qui m'attachent le plus, je me surprends à pousser de l'épaule, à dire tout bas avec humeur : Eh ! va donc, musique ! Pourquoi toujours répéter ? N'es-tu pas assez lente ? Au lieu de narrer vivement, tu rabâches ! Au lieu de peindre la passion, tu t'accroches aux mots ! Le poète se tue à serrer l'événement, et toi tu le délayes ! Que lui sert de rendre son style énergique et pressé, si tu l'ensevelis sous d'inutiles fredons[1]. Avec ta stérile abondance, reste, reste aux chansons pour toute nourriture, jusqu'à ce que tu connaisses le langage sublime et tumultueux des passions.

En effet, si la déclamation[2] est déjà un abus de la narration[3] au théâtre, le chant, qui est un abus de la déclamation, n'est donc, comme on voit, que l'abus de l'abus. Ajoutez-y la répétition des phrases, et voyez ce que devient l'intérêt. Pendant que le vice ici va toujours en croissant, l'intérêt marche à sens contraire ; l'action s'alanguit ; quelque chose me manque ; je deviens distrait ; l'ennui me gagne ; et si je cherche alors à deviner ce que je voudrais, il m'arrive souvent de trouver que je voudrais la fin du spectacle.

Il est un autre art d'imitation, en général beaucoup moins avancé que la musique, mais qui semble en ce point lui servir de leçon. Pour la variété seulement, la danse élevée[4] est déjà le modèle du chant.

Voyez le superbe Vestris ou le fier d'Auberval[5] engager un pas de caractère. Il ne danse pas encore ; mais d'aussi

---

1. **Fredons :** tremblements de voix dans le chant.
2. **Déclamation :** affectation, inutile complexité des expressions, des images, dans un discours, une pièce, etc.
3. **Narration :** récit.
4. **Danse élevée :** danse où on exécute des sauts et des figures acrobatiques.
5. **Gaétan Vestris (1792-1808)** et **Dauberval (1742-1806) :** célèbres chorégraphes et danseurs de l'Opéra de Paris.

Lettre modérée

loin qu'il paraît, son port[1] libre et dégagé fait déjà lever la tête aux spectateurs. Il inspire autant de fierté qu'il promet de plaisirs. Il est parti... Pendant que le musicien redit vingt fois ses phrases et monotone[2] ses mouvements, le danseur varie les siens à l'infini.

Le voyez-vous s'avancer légèrement à petits bonds, reculer à grands pas et faire oublier le comble de l'art par la plus ingénieuse négligence ? Tantôt sur un pied, gardant le plus savant équilibre, et suspendu sans mouvement pendant plusieurs mesures, il étonne, il surprend par l'immobilité de son aplomb... Et soudain, comme s'il regrettait le temps de repos, il part comme un trait, vole au fond du théâtre, et revient, en pirouettant, avec une rapidité que l'œil peut suivre à peine.

L'air a beau recommencer, rigaudonner[3], se répéter, se radoter, il ne se répète point, lui ! tout en déployant les mâles beautés d'un corps souple et puissant, il peint les mouvements violents dont son âme est agitée ; il vous lance un regard passionné que ses bras mollement ouverts rendent plus expressif ; et, comme s'il se lassait bientôt de vous plaire, il se relève avec dédain, se dérobe à l'œil qui le suit, et la passion la plus fougueuse semble alors naître et sortir de la plus douce ivresse. Impétueux, turbulent, il exprime une colère si bouillante et si vraie qu'il m'arrache à mon siège et me fait froncer le sourcil. Mais, reprenant soudain le geste et l'accent d'une volupté paisible, il erre nonchalamment avec une grâce, une mollesse et des mouvements si délicats, qu'il enlève autant de suffrages qu'il y a de regards attachés sur sa danse enchanteresse.

Compositeurs, chantez comme il danse, et nous aurons, au lieu d'opéras, des mélodrames[4] ! Mais j'entends mon éternel censeur (je ne sais plus s'il est d'ailleurs ou de Bouillon), qui

---

1. **Port** : maintien.
2. **Monotone** : verbe inventé par Beaumarchais. Répète de façon monotone.
3. **Rigaudonner** : verbe inventé par Beaumarchais à partir du terme « rigaudon », qui désigne une danse.
4. **Mélodrames** : le terme, nouveau à l'époque, désigne les drames musicaux.

Lettre modérée

me dit : « Que prétend-on par ce tableau ? Je vois un talent supérieur, et non la danse en général. C'est dans sa marche ordinaire qu'il faut saisir un art pour le comparer, et non dans ses efforts les plus sublimes. N'avons-nous pas... »

Je l'arrête à mon tour. Eh ! quoi ! si je veux peindre un coursier et me former une juste idée de ce noble animal, irai-je le chercher hongre[1] et vieux, gémissant au timon[2] du fiacre, ou trottinant sous le plâtrier qui siffle ? Je le prends au haras, fier étalon, vigoureux, découplé[3], l'œil ardent, frappant la terre et soufflant le feu par les naseaux, bondissant de désirs et d'impatience, ou fendant l'air, qu'il électrise, et dont le brusque hennissement réjouit l'homme et fait tressaillir toutes les cavales[4] de la contrée. Tel est mon danseur.

Et quand je crayonne un art, c'est parmi les plus grands sujets qui l'exercent que j'entends choisir mes modèles ; tous les efforts du génie... Mais je m'éloigne trop de mon sujet ; revenons au *Barbier de Séville*... ou plutôt, Monsieur, n'y revenons pas. C'est assez pour une bagatelle. Insensiblement je tomberais dans le défaut reproché trop justement à nos Français, de toujours faire de petites chansons sur les grandes affaires et de grandes distractions sur les petites.

Je suis, avec le plus profond respect,
    Monsieur,
        Votre humble et très obéissant serviteur,
            L'Auteur.

---

1. **Hongre** : châtré.
2. **Timon** : pièce de bois du train de devant d'un carrosse à laquelle on attèle les chevaux.
3. **Découplé** : de belle taille.
4. **Cavales** : juments.

PERSONNAGES

(Les habits des acteurs doivent être dans l'ancien costume espagnol.)

LE COMTE ALMAVIVA, *grand d'Espagne[1], amant[2] inconnu de Rosine paraît, au premier acte, en veste et culotte de satin ; il est enveloppé d'un grand manteau brun, ou cape espagnole ; chapeau noir rabattu avec un ruban de couleur autour de la forme. Au deuxième acte, habit uniforme[3] de cavalier, avec des moustaches et des bottines. Au troisième, habillé en bachelier[4] ; cheveux ronds, grande fraise[5] au cou ; veste, culotte, bas et manteau d'abbé. Au quatrième acte, il est vêtu superbement à l'espagnole avec un riche manteau ; par-dessus tout, le large manteau brun dont il se tient enveloppé.*

BARTHOLO, *médecin, tuteur de Rosine : habit noir, court, boutonné ; grande perruque ; fraise et manchettes relevées ; une ceinture noire ; et quand il veut sortir de chez lui, un long manteau écarlate.*

ROSINE, *jeune personne d'extraction noble, et pupille de Bartholo : habillée à l'espagnole.*

FIGARO, *barbier de Séville : en habit de majo[6] espagnol. La tête couverte d'une rescille[7], ou filet ; chapeau blanc, ruban de couleur autour de la forme, un fichu de soie attaché fort lâche à son cou, gilet et haut-de-chausse de*

---

1. **Grand d'Espagne :** seigneur espagnol de la plus haute distinction.
2. **Amant :** amoureux.
3. **En habit uniforme :** en uniforme.
4. **Bachelier :** étudiant en droit de l'Église.
5. **Fraise :** col très large, à double rangée de plis.
6. **Majo :** jeune élégant.
7. **Rescille :** filet qui retient les cheveux (« résille »).

Personnages

satin, avec des boutons et boutonnières frangés d'argent ; une grande ceinture de soie, les jarretières[1] nouées avec des glands qui pendent sur chaque jambe ; veste de couleur tranchante, à grands revers de la couleur du gilet ; bas blancs et souliers gris.

Don Bazile, *organiste, maître à chanter de Rosine : chapeau noir rabattu, soutanelle[2] et long manteau, sans fraise ni manchettes.*

La Jeunesse, *vieux domestique de Bartholo.*

L'Éveillé, *autre valet de Bartholo, garçon niais et endormi. Tous deux habillés en Galiciens ; tous les cheveux dans la queue[3] ; gilet couleur de chamois ; large ceinture de peau avec une boucle ; culotte bleue et veste de même, dont les manches, ouvertes aux épaules pour le passage des bras, sont pendantes par-derrière.*

Un notaire.

Un alcade[4], *homme de justice avec une longue baguette blanche à la main.*

Plusieurs alguazils[5] et valets *avec des flambeaux.*

La scène est à Séville, dans la rue et sous les fenêtres de Rosine, au premier acte ; et le reste de la pièce dans la maison du docteur Bartholo.

---

1. **Jarretières :** sorte de ruban ou de tissu avec lequel on attachait ses bas au-dessus ou au-dessous du genou.
2. **Soutanelle :** soutane ou robe courte que portent les prêtres.
3. **Dans la queue :** réunis en queue de cheval.
4. **Alcade :** juge de paix.
5. **alguazils :** officiers de police.

ACTE I

Scène 1 *Le théâtre représente une rue de Séville, où toutes les croisées sont grillées[1].*

LE COMTE, *seul, en grand manteau brun et chapeau rabattu. Il tire sa montre en se promenant.*

Le jour est moins avancé que je ne croyais. L'heure à laquelle elle a coutume de se montrer derrière sa jalousie[2] est encore éloignée. N'importe ; il vaut mieux arriver trop tôt que de manquer l'instant de la voir. Si quelque aimable[3] de la Cour pouvait me deviner à cent lieues de Madrid, arrêté tous les matins sous les fenêtres d'une femme à qui je n'ai jamais parlé, il me prendrait pour un Espagnol du temps d'Isabelle[4]... Pourquoi non ? Chacun court après le bonheur. Il est pour moi dans le cœur de Rosine... Mais quoi ! suivre une femme à Séville, quand Madrid et la Cour offrent de toutes parts des plaisirs si faciles ? Et c'est cela même que je fuis. Je suis las des conquêtes que l'intérêt, la convenance ou la vanité nous présentent sans cesse. Il est si doux d'être aimé pour soi-même ; et si je pouvais m'assurer sous ce déguisement... Au diable l'importun !

---

1. **Grillées :** pourvues de grilles.
2. **Jalousie :** treillis de bois ou de fer fixé sur une fenêtre, et qui permet de voir à l'extérieur sans être vu.
3. **Aimable :** personne estimable (adjectif substantivé).
4. **Du temps d'Isabelle :** au XVe siècle, à l'époque chevaleresque d'Isabelle la Catholique.

ACTE I - Scène 2

Scène 2 FIGARO, LE COMTE, *caché*.

FIGARO, *une guitare sur le dos attachée en bandoulière avec un large ruban ; il chantonne gaiement, un papier et un crayon à la main.*

1

Bannissons le chagrin,
Il nous consume :
Sans le feu du bon vin
Qui nous rallume,
Réduit à languir,
L'homme, sans plaisir,
Vivrait somme un sot,
Et mourrait bientôt.

Jusque-là ceci ne va pas mal, hein, hein !

… Et mourrait bientôt.
Le vin et la paresse
Se disputent mon cœur…

Eh non ! ils ne se le disputent pas, ils y règnent paisiblement ensemble…

Se partagent… mon cœur.

Dit-on se partagent ? … Eh ! mon Dieu, nos faiseurs d'opéras-comiques n'y regardent pas de si près. Aujourd'hui, ce qui ne vaut pas la peine d'être dit, on le chante. *(Il chante.)*

Le vin et la paresse
Se partagent mon cœur.

Je voudrais finir par quelque chose de beau, de brillant, de scintillant, qui eût l'air d'une pensée. *(Il met un genou en terre et écrit en chantant.)*

ACTE I - Scène 2

> *Se partagent mon cœur.*
> *Si l'une a ma tendresse...*
> *L'autre fait mon bonheur.*

Fi donc ! C'est plat. Ce n'est pas ça... Il me faut une opposition, une antithèse :

> *Si l'une... est ma maîtresse,*
> *L'autre...*

Eh ! parbleu, j'y suis !...

L'autre est mon serviteur.

Fort bien, Figaro !...*(Il écrit en chantant.)*

> *Le vin et la paresse*
> *Se partagent mon cœur ;*
> *Si l'une est ma maîtresse,*
> *L'autre est mon serviteur,*
> *L'autre est mon serviteur,*
> *L'autre est mon serviteur.*

Hein, hein, quand il y aura des accompagnements là-dessous, nous verrons encore, messieurs de la cabale[1], si je ne sais ce que je dis. *(Il aperçoit le Comte.)* J'ai vu cet abbé-là quelque part. *(Il se relève.)*

LE COMTE, *à part.* Cet homme ne m'est pas inconnu.

FIGARO. Eh non, ce n'est pas un abbé ! Cet air altier[2] et noble...

LE COMTE. Cette tournure grotesque...

FIGARO. Je ne me trompe point ; c'est le comte Almaviva.

LE COMTE. Je crois que c'est ce coquin de Figaro.

FIGARO. C'est lui-même, monseigneur.

LE COMTE. Maraud[3] ! si tu dis un mot...

FIGARO. Oui, je vous reconnais... voilà les bontés familières dont vous m'avez toujours honoré.

---

1. **Cabale :** conspiration pour faire échouer une pièce de théâtre.
2. **Altier :** fier.
3. **Maraud :** coquin.

ACTE I - Scène 2

LE COMTE. Je ne te reconnaissais pas, moi. Te voilà si gros et si gras...

FIGARO. Que voulez-vous, monseigneur, c'est la misère.

LE COMTE. Pauvre petit ! Mais que fais-tu à Séville ? Je t'avais autrefois recommandé dans les bureaux pour un emploi.

FIGARO. Je l'ai obtenu, monseigneur, et ma reconnaissance...

LE COMTE. Appelle-moi Lindor[1]. Ne vois-tu pas, à mon déguisement, que je veux être inconnu ?

FIGARO. Je me retire.

LE COMTE. Au contraire. J'attends ici quelque chose ; et deux hommes qui jasent[2] sont moins suspects qu'un seul qui se promène. Ayons l'air de jaser. Eh bien, cet emploi ?

FIGARO. Le Ministre, ayant égard à la recommandation de Votre Excellence, me fit nommer sur-le-champ garçon apothicaire.

LE COMTE. Dans les hôpitaux de l'Armée ?

FIGARO. Non ; dans les haras d'Andalousie.

LE COMTE, *riant*. Beau début !

FIGARO. Le poste n'était pas mauvais ; parce qu'ayant le district des pansements et des drogues, je vendais souvent aux hommes de bonnes médecines de cheval...

LE COMTE. Qui tuaient les sujets du Roi !

FIGARO. Ah ! ah ! il n'y a point de remède universel ; mais qui n'ont pas laissé[3] de guérir quelquefois des Galiciens, des Catalans, des Auvergnats[4].

LE COMTE. Pourquoi donc l'as-tu quitté ?

---

1. **Lindor** : nom traditionnel du personnage de jeune amoureux au théâtre.
2. **Jasent** : bavardent (sans connotation péjorative).
3. **Laissé** : manqué.
4. **Auvergnats** : on trouvait des mercenaires auvergnats dans l'armée espagnole au XVIIIe siècle.

ACTE I - Scène 2

FIGARO. Quitté ? C'est bien lui-même[1] ; on m'a desservi auprès des puissances.

L'envie aux doigts crochus, au teint pâle et livide...[2]

LE COMTE. Oh grâce ! Grâce, ami ! Est-ce que tu fais aussi des vers ? Je t'ai vu là griffonnant sur ton genou, et chantant dès le matin.

FIGARO. Voilà précisément la cause de mon malheur, Excellence. Quand on a rapporté au ministre que je faisais, je puis dire assez joliment, des bouquets[3] à Chloris[4], que j'envoyais des énigmes aux journaux, qu'il courait des madrigaux[5] de ma façon ; en un mot, quand il a su que j'étais imprimé tout vif, il a pris la chose au tragique, et m'a fait ôter mon emploi, sous prétexte que l'amour des lettres est incompatible avec l'esprit des affaires.

LE COMTE. Puissamment raisonné ! Et tu ne lui fis pas représenter[6]...

FIGARO. Je me crus trop heureux d'en être oublié ; persuadé qu'un grand nous fait assez de bien quand il ne nous fait pas de mal.

LE COMTE. Tu ne dis pas tout. Je me souviens qu'à mon service tu étais un assez mauvais sujet.

FIGARO. Eh ! mon Dieu, monseigneur, c'est qu'on veut que le pauvre soit sans défaut.

LE COMTE. Paresseux, dérangé...

FIGARO. Aux vertus qu'on exige dans un domestique, Votre Excellence connaît-elle beaucoup de maîtres qui fussent dignes d'être valets ?

---

1. **C'est bien lui-même :** c'est lui qui m'a quitté.
2. **L'envie [...] livide :** Beaumarchais cite un vers de Voltaire dans *La Henriade*, chant IX, vers 45 (« La sombre jalousie, au teint pâle et livide ») en le modifiant.
3. **Bouquets :** compliments en vers adressés à la femme aimée.
4. **Chloris :** nom traditionnellement donné à la femme aimée dans les « bouquets ».
5. **Madrigaux :** poèmes courts et galants.
6. **Représenter :** remarquer.

ACTE I - Scène 2

LE COMTE, *riant.* Pas mal. Et tu t'es retiré en cette ville ?

FIGARO. Non pas tout de suite.

LE COMTE, *l'arrêtant.* Un moment... J'ai cru que c'était elle... Dis toujours, je t'entends de reste[1].

FIGARO. De retour à Madrid, je voulus essayer de nouveau mes talents littéraires, et le théâtre me parut un champ d'honneur...

LE COMTE. Ah ! miséricorde !

FIGARO *(Pendant sa réplique, le Comte regarde avec attention du côté de la jalousie.).* En vérité, je ne sais comment je n'eus pas le plus grand succès, car j'avais rempli le parterre des plus excellents travailleurs ; des mains... comme des battoirs[2] ; j'avais interdit les gants, les cannes, tout ce qui ne produit que des applaudissements sourds ; et d'honneur, avant la pièce, le café[3] m'avait paru dans les meilleures dispositions pour moi. Mais les efforts de la cabale...

LE COMTE. Ah ! La cabale ! Monsieur l'auteur tombé !

FIGARO. Tout comme un autre : pourquoi pas ? Ils m'ont sifflé ; mais si jamais je puis les rassembler...

LE COMTE. L'ennui te vengera bien d'eux ?

FIGARO. Ah ! Comme je leur en garde[4], morbleu !

LE COMTE. Tu jures ! Sais-tu qu'on n'a que vingt-quatre heures au palais pour maudire ses juges[5] ?

FIGARO. On a vingt-quatre ans au théâtre ; la vie est trop courte pour user un pareil ressentiment.

LE COMTE. Ta joyeuse colère me réjouit. Mais tu ne me dis pas ce qui t'a fait quitter Madrid.

---

1. **De reste :** plus qu'il n'est nécessaire.
2. **Battoirs :** grosses palettes de bois servant à battre la lessive.
3. **Le café :** c'est là, notamment au café Procope, à côté de l'ancienne Comédie-Française, que l'on débattait des pièces.
4. **Comme je leur en garde :** je leur réserve une belle vengeance.
5. **Maudire ses juges :** expression ambiguë, à prendre au sens propre, ou au sens juridique de « faire appel, contester un jugement ».

ACTE I - Scène 2

FIGARO. C'est mon bon ange, Excellence, puisque je suis assez heureux pour retrouver mon ancien maître. Voyant à Madrid que la république des lettres était celle des loups, toujours armés les uns contre les autres, et que, livrés au mépris où ce risible acharnement les conduit, tous les insectes, les moustiques, les cousins[1], les critiques, les maringouins[2], les envieux, les feuillistes[3], les libraires, les censeurs, et tout ce qui s'attache à la peau des malheureux gens de lettres, achevait de déchiqueter et sucer le peu de substance qui leur restait ; fatigué d'écrire, ennuyé de moi, dégoûté des autres, abîmé[4] de dettes et léger d'argent ; à la fin, convaincu que l'utile revenu du rasoir est préférable aux vains honneurs de la plume, j'ai quitté Madrid, et, mon bagage en sautoir, parcourant philosophiquement les deux Castilles, la Manche, l'Estramadure, la Sierra-Morena, l'Andalousie ; accueilli dans une ville, emprisonné dans l'autre, et partout supérieur aux événements ; loué par ceux-ci, blâmé par ceux-là ; aidant au bon temps, supportant le mauvais ; me moquant des sots, bravant les méchants ; riant de ma misère et faisant la barbe à[5] tout le monde ; vous me voyez enfin établi dans Séville et prêt à servir de nouveau Votre Excellence en tout ce qu'il lui plaira de m'ordonner.

LE COMTE. Qui t'a donné une philosophie aussi gaie ?

FIGARO. L'habitude du malheur. Je me presse de rire de tout, de peur d'être obligé d'en pleurer. Que regardez-vous donc toujours de ce côté ?

LE COMTE. Sauvons-nous.

FIGARO. Pourquoi ?

LE COMTE. Viens donc, malheureux ! Tu me perds.

(Ils se cachent.)

---

1. **Cousin :** sorte de moucheron piquant et importun.
2. **Maringouin :** moucheron des pays chauds.
3. **Feuilliste :** journaliste. Néologisme péjoratif.
4. **Abîmé de :** ruiné par.
5. **Faire la barbe à :** au sens propre, ou au sens figuré de « faire quelque chose en dépit de ».

Clefs d'analyse
Acte I, scènes 1 et 2.

Compréhension

L'information
- Observer le personnage du comte, en jeune aristocrate amoureux (I, 1), dans sa relation familière à son valet (I, 2).
- Observer le personnage de Figaro, aventurier, homme de lettres et valet dévoué (I, 2).
- Relever les informations sur l'action en cours : amour du comte pour Rosine (I, 1), attente de la rencontre (I, 2).
- Relever dans les didascalies et les répliques les éléments « espagnols » (I,1 et 2).

L'art du dialogue
- Relever les procédés qui font la dynamique de l'échange – brièveté et enchaînement des répliques (I, 2).

Réflexion

Un personnage qui déborde du cadre
- Interpréter la richesse inhabituelle du personnage de valet en reliant sa carrière à celle de Beaumarchais (I, 2).

Un théâtre satirique
- Analyser le regard porté par Figaro sur la société et la vie littéraire, notamment les répliques où Figaro-Beaumarchais semble directement s'adresser à ses ennemis (I, 2).

À retenir :
Ces deux premières scènes proposent un début d'exposition respectueux des règles théâtrales, en informant sur le cadre, l'action et deux des principaux personnages. Mais, tandis que la scène 1 fournit rapidement l'essentiel des informations utiles sur le comte, la scène 2 présente au contraire longuement un valet hors du commun et riche d'un passé pour ainsi dire romanesque. La carrière littéraire de Figaro et le caractère polémique de son discours laissent entrevoir dans ce serviteur le double de l'auteur. L'illusion théâtrale étant ainsi rompue, voilà le public rendu complice de la « fabrique » du spectacle.

ACTE I - Scène 3

Scène 3 BARTHOLO, ROSINE
(La jalousie du premier étage s'ouvre, et Bartholo et Rosine se mettent à la fenêtre.)

ROSINE. Comme le grand air fait plaisir à respirer ! Cette jalousie s'ouvre si rarement…

BARTHOLO. Quel papier tenez-vous là ?

ROSINE. Ce sont des couplets de *La Précaution inutile* que mon maître à chanter m'a donnés hier.

BARTHOLO. Qu'est-ce que *La Précaution inutile* ?

ROSINE. C'est une comédie nouvelle.

BARTHOLO. Quelque drame encore ! Quelque sottise d'un nouveau genre[1] !

ROSINE. Je n'en sais rien.

BARTHOLO. Euh ! euh ! Les journaux et l'autorité nous en feront raison. Siècle barbare !…

ROSINE. Vous injuriez toujours notre pauvre siècle.

BARTHOLO. Pardon de la liberté[2] : qu'a-t-il produit pour qu'on le loue ? Sottises de toute espèce : la liberté de penser, l'attraction[3], l'électricité[4], le tolérantisme[5], l'inoculation[6], le quinquina[7], l'Encyclopédie[8] et les drames[9]…

---

1. Bartholo n'aimait pas les drames. Peut-être avait-il fait quelque tragédie dans sa jeunesse (note de Beaumarchais).
2. **Pardon de la liberté :** sous-entendu « que je prends en donnant mon opinion ».
3. **L'attraction :** loi de l'attraction universelle (Newton, 1687).
4. **L'électricité :** phénomène étudié depuis le début du XVIIIe siècle.
5. **Le tolérantisme :** tolérance vis-à-vis des différentes religions.
6. **L'inoculation :** vaccination contre la variole, alors controversée.
7. **Le quinquina :** médicament courant, sorte d'écorce utilisée pour faire baisser la fièvre.
8. **L'Encyclopédie :** grande entreprise des philosophes du XVIIIe siècle, visant à rassembler l'ensemble des savoirs connus dans un ouvrage.
9. **Drames :** pièces appartenant au « genre dramatique sérieux », genre alors nouveau et controversé.

ACTE I - Scène 3

ROSINE. *(Le papier lui échappe et tombe dans la rue.)* Ah ! Ma chanson ! Ma chanson est tombée en vous écoutant ; courez, courez donc, monsieur ; ma chanson ! Elle sera perdue.

BARTHOLO. Que diable aussi, l'on tient ce qu'on tient. *(Il quitte le balcon.)*

ROSINE *regarde en dedans et fait signe dans la rue.* S't, s't, *(Le Comte paraît)* ramassez vite et sauvez-vous. *(Le Comte ne fait qu'un saut, ramasse le papier et rentre.)*

BARTHOLO *sort de la maison et cherche.* Où donc est-il ? Je ne vois rien.

ROSINE. Sous le balcon, au pied du mur.

BARTHOLO. Vous me donnez là une jolie commission ! Il est donc passé quelqu'un ?

ROSINE. Je n'ai vu personne.

BARTHOLO, *à lui-même.* Et moi qui ai la bonté de chercher... Bartholo, vous n'êtes qu'un sot, mon ami : ceci doit vous apprendre à ne jamais ouvrir de jalousies sur la rue. *(Il rentre.)*

ROSINE, *toujours au balcon.* Mon excuse est dans mon malheur : seule, enfermée, en butte à la persécution d'un homme odieux, est-ce un crime de tenter à[1] sortir d'esclavage ?

BARTHOLO, *paraissant au balcon.* Rentrez, signora ; c'est ma faute si vous avez perdu votre chanson, mais ce malheur ne vous arrivera plus, je vous jure. *(Il ferme la jalousie à la clef.)*

---

1. À : de.

ACTE I - Scène 4

Scène 4 — Le Comte, Figaro
(Ils entrent avec précaution.)

Le Comte. À présent qu'ils sont retirés, examinons cette chanson, dans laquelle un mystère est sûrement renfermé. C'est un billet !

Figaro. Il demandait ce que c'est que *La Précaution inutile*.

Le Comte *lit vivement.* « Votre empressement excite ma curiosité ; sitôt que mon tuteur sera sorti, chantez indifféremment, sur l'air connu de ces couplets, quelque chose qui m'apprenne enfin le nom, l'état[1] et les intentions de celui qui paraît s'attacher si obstinément à l'infortunée Rosine. »

Figaro, *contrefaisant la voix de Rosine.* Ma chanson ! Ma chanson est tombée ; courez, courez donc, *(il rit)* ah ! ah ! ah ! ah ! Oh ces femmes ! Voulez-vous donner de l'adresse à la plus ingénue ? Enfermez-la.

Le Comte. Ma chère Rosine !

Figaro. Monseigneur, je ne suis plus en peine des motifs de votre mascarade ; vous faites ici l'amour en perspective[2].

Le Comte. Te voilà instruit, mais si tu jases…

Figaro. Moi jaser ! Je n'emploierai point pour vous rassurer les grandes phrases d'honneur et de dévouement dont on abuse à la journée, je n'ai qu'un mot : mon intérêt vous répond de moi ; pesez tout à cette balance, et…

Le Comte. Fort bien. Apprends donc que le hasard m'a fait rencontrer au Prado[3], il y a six mois, une jeune personne d'une beauté… Tu viens de la voir ! Je l'ai fait chercher en vain par tout Madrid. Ce n'est que depuis peu de jours que j'ai découvert qu'elle s'appelle Rosine, est d'un

---

1. **L'état :** la situation sociale.
2. **Vous faites ici l'amour en perspective :** vous faites votre cour par anticipation, en imagination.
3. **Prado :** lieu de promenade très fréquenté, à Madrid.

ACTE I - Scène 4

sang noble, orpheline et mariée à un vieux médecin de cette ville nommé Bartholo.

FIGARO. Joli oiseau, ma foi ! Difficile à dénicher ! Mais qui vous a dit qu'elle était femme du docteur ?

LE COMTE. Tout le monde.

FIGARO. C'est une histoire qu'il a forgée en arrivant de Madrid, pour donner le change aux galants[1] et les écarter ; elle n'est encore que sa pupille, mais bientôt…

LE COMTE, *vivement.* Jamais. Ah, quelle nouvelle ! J'étais résolu de tout oser pour lui présenter mes regrets, et je la trouve libre ! Il n'y a pas un moment à perdre, il faut m'en faire aimer, et l'arracher à l'indigne engagement qu'on lui destine. Tu connais donc ce tuteur ?

FIGARO. Comme ma mère.

LE COMTE. Quel homme est-ce ?

FIGARO, *vivement.* C'est un beau gros, court, jeune vieillard, gris pommelé[2], rusé, rasé, blasé, qui guette et furète et gronde et geint tout à la fois.

LE COMTE, *impatienté.* Eh ! Je l'ai vu. Son caractère ?

FIGARO. Brutal, avare, amoureux et jaloux à l'excès de sa pupille, qui le hait à la mort.

LE COMTE. Ainsi, ses moyens de plaire sont…

FIGARO. Nuls.

LE COMTE. Tant mieux. Sa probité ?

FIGARO. Tout juste autant qu'il en faut pour n'être point pendu.

LE COMTE. Tant mieux. Punir un fripon en se rendant heureux…

FIGARO. C'est faire à la fois le bien public et particulier : chef-d'œuvre de morale, en vérité, monseigneur !

---

1. **Donner le change aux galants :** dérouter les amoureux.
2. **Gris pommelé :** gris et blanc. Adjectif employé en principe uniquement pour qualifier la couleur des nuages ou la robe des chevaux.

ACTE I - Scène 4

LE COMTE. Tu dis que la crainte des galants lui fait fermer sa porte ?

FIGARO. À tout le monde : s'il pouvait la calfeutrer...

LE COMTE. Ah ! Diable ! tant pis. Aurais-tu de l'accès chez lui ?

FIGARO. Si j'en ai ! *Primo,* la maison que j'occupe appartient au docteur, qui m'y loge *gratis.*

LE COMTE. Ah ! Ah !

FIGARO. Oui. Et moi, en reconnaissance, je lui promets dix pistoles par an, *gratis* aussi.

LE COMTE, *impatienté.* Tu es son locataire ?

FIGARO. De plus, son barbier, son chirurgien, son apothicaire ; il ne se donne pas dans la maison un coup de rasoir, de lancette[1] ou de piston[2], qui ne soit de la main de votre serviteur.

LE COMTE *l'embrasse.* Ah ! Figaro, mon ami, tu seras mon ange, mon libérateur, mon Dieu tutélaire[3].

FIGARO. Peste ! Comme l'utilité vous a bientôt rapproché les distances ! Parlez-moi des gens passionnés.

LE COMTE. Heureux Figaro ! Tu vas voir ma Rosine ! Tu vas la voir ! Conçois-tu ton bonheur ?

FIGARO. C'est bien là un propos d'amant[4] ! Est-ce que je l'adore, moi ? Puissiez-vous prendre ma place !

LE COMTE. Ah ! si l'on pouvait écarter tous les surveillants !...

FIGARO. C'est à quoi je rêvais.

LE COMTE. Pour douze heures seulement !

FIGARO. En occupant les gens de leur propre intérêt, on les empêche de nuire à l'intérêt d'autrui.

---

1. **Lancette :** instrument de chirurgie, servant à ouvrir la veine, à percer un abcès, etc.
2. **Piston :** instrument médical. Seringue à lavement.
3. **Tutélaire :** protecteur.
4. **Amant :** amoureux.

ACTE I - Scène 4

LE COMTE. Sans doute. Eh bien ?

FIGARO, *rêvant.* Je cherche dans ma tête si la pharmacie ne fournirait pas quelques petits moyens innocents...

LE COMTE. Scélérat !

FIGARO. Est-ce que je veux leur nuire ? Ils ont tous besoin de mon ministère[1]. Il ne s'agit que de les traiter ensemble.

LE COMTE. Mais ce médecin peut prendre un soupçon.

FIGARO. Il faut marcher si vite, que le soupçon n'ait pas le temps de naître. Il me vient une idée. Le régiment de Royal-Infant arrive en cette ville.

LE COMTE. Le colonel est de mes amis.

FIGARO. Bon. Présentez-vous chez le docteur en habit de cavalier[2], avec un billet de logement[3] ; il faudra bien qu'il vous héberge ; et moi, je me charge du reste.

LE COMTE. Excellent !

FIGARO. Il ne serait même pas mal que vous eussiez l'air entre deux vins...

LE COMTE. À quoi bon ?

FIGARO. Et le mener un peu lestement sous cette apparence déraisonnable.

LE COMTE. À quoi bon ?

FIGARO. Pour qu'il ne prenne aucun ombrage, et vous croie plus pressé de dormir que d'intriguer chez lui.

LE COMTE. Supérieurement vu ! Mais que n'y vas-tu, toi ?

FIGARO. Ah ! Oui, moi ! Nous serons bien heureux s'il ne vous reconnaît pas, vous qu'il n'a jamais vu. Et comment vous introduire après ?

LE COMTE. Tu as raison.

---

1. **Mon ministère :** mes services.
2. **Cavalier :** soldat de la cavalerie.
3. **Billet de logement :** lettre émanant de l'armée et obligeant quelqu'un à loger chez lui gratuitement un ou plusieurs soldats.

ACTE I - Scène 4

FIGARO. C'est que, vous ne pourrez peut-être pas soutenir ce personnage difficile. Cavalier... pris de vin...

LE COMTE. Tu te moques de moi. *(Prenant un ton ivre.)* N'est-ce point la maison du docteur Bartholo, mon ami ?

FIGARO. Pas mal, en vérité ; vos jambes seulement un peu plus avinées. *(D'un ton plus ivre.)* N'est-ce pas ici la maison...

LE COMTE. Fi donc ! Tu as l'ivresse du peuple.

FIGARO. C'est la bonne ; c'est celle du plaisir.

LE COMTE. La porte s'ouvre.

FIGARO. C'est notre homme : éloignons-nous jusqu'à ce qu'il soit parti.

Scène 5
LE COMTE *et* FIGARO, *cachés*.
BARTHOLO.

BARTHOLO *sort en parlant de la maison.* Je reviens à l'instant ; qu'on ne laisse entrer personne. Quelle sottise à moi d'être descendu ! Dès qu'elle[1] m'en priait, je devais bien me douter... Et Bazile qui ne vient pas ! Il devait tout arranger pour que mon mariage se fît secrètement demain ; et point de nouvelles ! Allons voir ce qui peut l'arrêter.

---

1. **Dès qu'elle :** dès lors qu'elle, du moment qu'elle.

Scène 6 — Le Comte, Figaro

Le Comte. Qu'ai-je entendu ? Demain il épouse Rosine en secret !

Figaro. Monseigneur, la difficulté de réussir ne fait qu'ajouter à la nécessité d'entreprendre.

Le Comte. Quel est donc ce Bazile qui se mêle de son mariage ?

Figaro. Un pauvre hère qui montre la musique à sa pupille, infatué[1] de son art, friponneau besoigneux[2], à genoux devant un écu, et dont il sera facile de venir à bout, monseigneur...*(Regardant à la jalousie.)* La v'là ! la v'là !

Le Comte. Qui donc ?

Figaro. Derrière sa jalousie. La voilà ! la voilà ! Ne regardez pas, ne regardez pas !

Le Comte. Pourquoi ?

Figaro. Ne vous écrit-elle pas : « Chantez indifféremment » ? c'est-à-dire, chantez comme si vous chantiez... seulement pour chanter. Oh ! la v'là ! la v'là !

Le Comte. Puisque j'ai commencé à l'intéresser sans être connu d'elle, ne quittons point le nom de Lindor que j'ai pris, mon triomphe en aura plus de charmes. *(Il déploie le papier que Rosine a jeté.)* Mais comment chanter sur cette musique ? Je ne sais pas faire de vers, moi !

Figaro. Tout ce qui vous viendra, monseigneur, est excellent ; en amour, le cœur n'est pas difficile sur les productions de l'esprit... et prenez ma guitare.

Le Comte. Que veux-tu que j'en fasse ? J'en joue si mal !

---

1. **Infatué de :** imbu de, excessivement fier de.
2. **Besoigneux :** qui est dans le besoin, pauvre.

ACTE I - Scène 6

FIGARO. Est-ce qu'un homme comme vous ignore quelque chose ? Avec le dos de la main : from, from, from... Chanter sans guitare à Séville ! Vous seriez bientôt reconnu, ma foi, bientôt dépisté ! *(Figaro se colle au mur sous le balcon.)*

LE COMTE *chante en se promenant et s'accompagnant sur sa guitare.*

2
PREMIER COUPLET

Vous l'ordonnez, je me ferai connaître.
Plus inconnu, j'osais vous adorer :
En me nommant, que pourrais-je espérer ?
N'importe, il faut obéir à son Maître.

FIGARO, *bas.* Fort bien, parbleu ! Courage, monseigneur !
LE COMTE.

DEUXIÈME COUPLET

Je suis Lindor, ma naissance est commune,
Mes vœux sont ceux d'un simple bachelier ;
Que n'ai-je, hélas ! d'un brillant chevalier
À vous offrir le rang et la fortune !

FIGARO. Et comment, diable ! Je ne ferais pas mieux, moi qui m'en pique.
LE COMTE.

TROISIÈME COUPLET

Tous les matins, ici, d'une voix tendre,
Je chanterai mon amour sans espoir ;
Je bornerai mes plaisirs à vous voir ;
Et puissiez-vous en trouver à m'entendre !

FIGARO. Oh ! ma foi, pour celui-ci !... *(Il s'approche, et baise le bas de l'habit de son maître.)*
LE COMTE. Figaro ?

ACTE I - Scène 6

FIGARO. Excellence ?

LE COMTE. Crois-tu que l'on m'ait entendu ?

ROSINE, *en dedans, chante.*

AIR du *Maître en droit*[1].
> *Tout me dit que Lindor est charmant,*
> *Que je dois l'aimer constamment...*

(On entend une croisée qui se ferme avec bruit.)

FIGARO. Croyez-vous qu'on vous ait entendu cette fois ?

LE COMTE. Elle a fermé sa fenêtre ; quelqu'un apparemment est entré chez elle.

FIGARO. Ah ! la pauvre petite, comme elle tremble en chantant ! Elle est prise[2], monseigneur.

LE COMTE. Elle se sert du moyen qu'elle-même a indiqué. « *Tout me dit que Lindor est charmant.* » Que de grâces ! que d'esprit !

FIGARO. Que de ruse ! que d'amour !

LE COMTE. Crois-tu qu'elle se donne à moi, Figaro ?

FIGARO. Elle passera plutôt à travers cette jalousie que d'y manquer.

LE COMTE. C'en est fait, je suis à ma Rosine... pour la vie.

FIGARO. Vous oubliez, monseigneur, qu'elle ne vous entend plus.

LE COMTE. Monsieur Figaro, je n'ai qu'un mot à vous dire : elle sera ma femme ; et si vous servez bien mon projet en lui cachant mon nom... tu m'entends, tu me connais...

FIGARO. Je me rends. Allons, Figaro, vole à la fortune, mon fils.

LE COMTE. Retirons-nous, crainte de nous rendre suspects.

---

1. *Le Maître en droit* : opéra-comique de Lemonnier, musique de Monsigny (1760), où l'amant s'appelle Lindor.
2. **Prise** : séduite, conquise.

ACTE I - Scène 6

FIGARO, *vivement.* Moi, j'entre ici, où, par la force de mon art, je vais d'un seul coup de baguette endormir la vigilance, éveiller l'amour, égarer la jalousie, fourvoyer l'intrigue et renverser tous les obstacles. Vous, monseigneur, chez moi, l'habit de soldat, le billet de logement et de l'or dans vos poches.

LE COMTE. Pour qui de l'or ?

FIGARO, *vivement.* De l'or, mon Dieu ! de l'or, c'est le nerf de l'intrigue.

LE COMTE. Ne te fâche pas, Figaro, j'en prendrai beaucoup.

FIGARO, *s'en allant.* Je vous rejoins dans peu.

LE COMTE. Figaro ?

FIGARO. Qu'est-ce que c'est ?

LE COMTE. Et ta guitare ?

FIGARO *revient.* J'oublie ma guitare, moi ! Je suis donc fou ! *(Il s'en va.)*

LE COMTE. Et ta demeure, étourdi ?

FIGARO *revient.* Ah ! réellement je suis frappé[1] ! Ma boutique à quatre pas d'ici, peinte en bleu, vitrage en plomb[2], trois palettes[3] en l'air, l'œil dans la main[4] : *Consilio manuque*[5], FIGARO. *(Il s'enfuit.)*

---

1. **Frappé :** étourdi.
2. **En plomb :** ici, dont les montants sont en plomb.
3. **Palettes :** écuelles à usage médical, utilisées notamment lors de saignées et représentées ici « en l'air », c'est-à-dire sur l'enseigne du barbier-chirurgien.
4. **L'œil dans la main :** éléments de l'enseigne, symbolisant l'attention et l'habileté.
5. *Consilio manuque* **:** devise de l'Académie de chirurgie, signifiant « grâce à la réflexion et à la main » en latin.

Clefs d'analyse
Acte I, scènes 3 à 6.

Compréhension

L'information
- Observer le tandem Rosine-Bartholo, types de la jeune première et du barbon (I, 3, 4), mais dépourvus de naïveté (I, 3, 4).
- Observer le rôle joué par les objets et le décor : balcon, jalousie, rue, chanson, guitare (I, 3 et 4).
- Relever les informations nouvelles : la réciprocité de l'amour entre Rosine et le comte (I, 4, 5), le mariage annoncé de Bartholo et Rosine (I, 4, 6).

Deux personnages complices
- Relever les éléments du dialogue qui montrent l'évolution de la relation maître-serviteur (I, 4, 6).

La mise en place d'un stratagème
- Montrer comment Figaro prépare la suite de l'action (I, 4 et 6).

Réflexion

Une fin d'exposition très animée
- Montrer que les mouvements d'apparition et de disparition des personnages et des objets rendent l'exposition particulièrement comique et dynamique.

L'ironie
- Analyser la position privilégiée de Figaro et son regard amusé, ironique, critique sur chaque personnage.

À retenir :
Les scènes 3 à 6 de l'acte I complètent l'exposition : l'ensemble de la situation est maintenant connu, conformément aux règles du théâtre classique. Les héros n'ont qu'une journée pour agir (respect de l'unité de temps). Les informations nous sont données cette fois à travers une action mouvementée, l'espace double (rue et balcon) et les objets jouant, comme souvent dans la comédie, un rôle important.

Synthèse Acte I.

Une exposition enlevée

Personnages

Des personnages fonctionnels

Dans le premier acte, les personnages se présentent par deux : à l'extérieur, le duo complice Almaviva-Figaro ; à l'intérieur, le tandem problématique Bartholo-Rosine.

Le comte apparaît, dès la première scène, comme le type connu du jeune premier. Grand seigneur, mais sincère et sympathique dans sa fougue amoureuse et sa volonté d'être aimé pour lui-même, il se montre même amical avec son ancien serviteur (scènes 2, 4 et 6).

Le Figaro qui apparaît à la scène 2 est un personnage multiple : sa chanson témoigne de son goût pour les plaisirs simples, tandis que le récit de ses mésaventures laisse voir un fin connaisseur de la société urbaine. Tantôt valet, apothicaire et homme de lettres, il surmonte les difficultés avec une patience de stoïcien et se remet avec enthousiasme au service du comte. Tout en occupant la place traditionnelle du valet de comédie, il intrigue par ses multiples talents et vies antérieures, qui doivent évidemment beaucoup à son auteur Beaumarchais.

Bartholo est le personnage le plus « réaliste » de la pièce. L'attachement de ce vieux docteur avare et ennemi de la modernité pour sa pupille le rend méfiant, jaloux, féroce même. Geôlier plus que tuteur, il est désigné comme l'ennemi à abattre.

Rosine fait d'emblée figure de victime, étouffant dans sa maison-forteresse. Mais c'est aussi une rusée : elle s'efforce de déjouer la vigilance de Bartholo. Un personnage type d'ingénue dégourdie, donc, comme Marivaux et Goldoni savaient en représenter. Mais Beaumarchais ne s'attarde guère à dépeindre chez elle la naissance du sentiment amoureux, préférant mettre en valeur la part active qu'elle prend à l'intrigue.

Synthèse Acte I.

Langage

Une parole virtuose

La gaieté de ce premier acte tient pour une bonne part à la virtuosité de la parole de Figaro. Est-il seul (scène 2) ? Il dialogue avec lui-même ou prend à partie des adversaires imaginaires (« messieurs de la cabale »). S'adresse-t-il au comte ? Le dialogue est rapide et truffé de mots d'esprit, d'enchaînements habiles, de reparties brèves et pleines d'humour ou d'ironie. Et tout en dialoguant, Figaro ne cesse de jeter un regard distancié sur lui-même et sur les autres personnages, qu'il va jusqu'à parodier. S'il raconte sa vie, c'est en accumulant les expressions imagées, les effets de symétrie ou d'opposition, les énumérations incongrues et les néologismes. Le barbier emploie le plus souvent un vocabulaire choisi, voire noble et déférent, mais aussi par moments des expressions familières (« Oh, la v'là! la v'là! », scène 6) et oscille entre les sentences populaires et le discours orné de l'homme de lettres. Discours dans lequel il s'emballe parfois au point que la parole semble, comme dans la farce, fonctionner à vide, pour le seul plaisir des mots.

Société

Une satire sociale et un règlement de compte personnel

Au XVIIIe siècle, on vient assister à une comédie pour se divertir, voir moquer un travers humain ou une situation sociale, ou même, à l'occasion et de façon détournée, le pouvoir en place. Sous couvert de fiction espagnole, la pièce de Beaumarchais ironise sur le clergé, ridiculise les ennemis de la nouveauté (scène 3) et évoque les abus de pouvoir des grands. Il s'agit là d'une satire traditionnelle et attendue. Mais Beaumarchais s'en prend aussi, par la bouche de Figaro, à ses ennemis personnels, hommes de la « cabale », journalistes, censeurs, qui attaquent ses pièces et lui dénient le droit d'être à la fois homme d'affaires et homme de lettres. Il attribue ainsi à son barbier les talents de polémiste qu'il a brillamment déployés dans ses *Mémoires* contre Goëzman.

ACTE II

Scène 1
Le théâtre représente l'appartement de Rosine. La croisée dans le fond du théâtre est fermée par une jalousie grillée.

ROSINE, *seule, un bougeoir à la main. Elle prend du papier sur la table et se met à écrire.*

Marceline est malade, tous les gens[1] sont occupés, et personne ne me voit écrire. Je ne sais si ces murs ont des yeux et des oreilles, ou si mon Argus[2] a un génie malfaisant qui l'instruit à point nommé, mais je ne puis dire un mot ni faire un pas dont il ne devine sur-le-champ l'intention… Ah ! Lindor !… *(Elle cachette la lettre.)* Fermons toujours ma lettre, quoique j'ignore quand et comment je pourrai la lui faire tenir[3]. Je l'ai vu, à travers ma jalousie, parler longtemps au barbier Figaro. C'est un bon homme qui m'a montré quelquefois de la pitié ; si je pouvais l'entretenir un moment !

Scène 2
ROSINE, FIGARO

ROSINE, *surprise.* Ah ! monsieur Figaro, que je suis aise de vous voir !

FIGARO. Votre santé, madame[4] ?

ROSINE. Pas trop bonne, monsieur Figaro. L'ennui me tue.

---

1. **Les gens :** les gens de maison, le personnel.
2. **Argus :** dans la mythologie antique, géant aux cent yeux chargé par Junon de surveiller la nymphe Io.
3. **La lui faire tenir :** la lui transmettre.
4. **Madame :** terme utilisé au XVIIIe siècle pour s'adresser à une jeune fille noble.

ACTE II - Scène 2

FIGARO. Je le crois ; il n'engraisse que les sots.

ROSINE. Avec qui parliez-vous donc là-bas si vivement ? Je n'entendais pas, mais...

FIGARO. Avec un jeune bachelier[1] de mes parents, de la plus grande espérance, plein d'esprit, de sentiments, de talents, et d'une figure[2] fort revenante[3].

ROSINE. Oh ! tout à fait bien, je vous assure ! Il se nomme ?

FIGARO. Lindor. Il n'a rien. Mais, s'il n'eût pas quitté brusquement Madrid, il pouvait y trouver quelque bonne place.

ROSINE. Il en trouvera, monsieur Figaro, il en trouvera. Un jeune homme tel que vous le dépeignez n'est pas fait pour rester inconnu.

FIGARO, *à part.* Fort bien. *(Haut.)* Mais il a un grand défaut, qui nuira toujours à son avancement.

ROSINE. Un défaut, monsieur Figaro ! Un défaut ! En êtes-vous bien sûr ?

FIGARO. Il est amoureux.

ROSINE. Il est amoureux ! Et vous appelez cela un défaut ?

FIGARO. À la vérité, ce n'en est un que relativement à sa mauvaise fortune.

ROSINE. Ah ! que le sort est injuste ! Et nomme-t-il la personne qu'il aime ? Je suis d'une curiosité...

FIGARO. Vous êtes la dernière, madame, à qui je voudrais faire une confidence de cette nature.

ROSINE, *vivement.* Pourquoi, monsieur Figaro ? Je suis discrète ; ce jeune homme vous appartient[4], il m'intéresse infiniment... Dites donc...

FIGARO, *la regardant finement.* Figurez-vous la plus jolie petite mignonne, douce, tendre, accorte et fraîche, agaçant l'appétit, pied furtif, taille adroite, élancée, bras

---

1. **Bachelier :** étudiant en droit de l'Église.
2. **Figure :** aspect général.
3. **Revenante :** avenante, agréable.
4. **Vous appartient :** est un parent à vous.

ACTE II - Scène 2

dodus, bouche rosée, et des mains ! des joues, des dents ! des yeux !...

ROSINE. Qui reste[1] en cette ville ?

FIGARO. En ce quartier.

ROSINE. Dans cette rue peut-être ?

FIGARO. À deux pas de moi.

ROSINE. Ah ! que c'est charmant... pour monsieur votre parent. Et cette personne est ?...

FIGARO. Je ne l'ai pas nommée ?

ROSINE, *vivement.* C'est la seule chose que vous ayez oubliée, monsieur Figaro. Dites donc, dites donc vite ; si l'on rentrait, je ne pourrais plus savoir...

FIGARO. Vous le voulez absolument, madame ? Eh bien ! cette personne est... la pupille de votre tuteur.

ROSINE. La pupille ?...

FIGARO. Du docteur Bartholo, oui, madame.

ROSINE, *avec émotion.* Ah ! monsieur Figaro... je ne vous crois pas, je vous assure.

FIGARO. Et c'est ce qu'il brûle de venir vous persuader lui-même.

ROSINE. Vous me faites trembler, monsieur Figaro.

FIGARO. Fi donc, trembler ! mauvais calcul, madame ; quand on cède à la peur du mal, on ressent déjà le mal de la peur. D'ailleurs, je viens de vous débarrasser de tous vos surveillants, jusqu'à demain.

ROSINE. S'il m'aime, il doit me le prouver en restant absolument tranquille.

FIGARO. Eh ! madame, amour et repos peuvent-ils habiter en même cœur ? La pauvre jeunesse est si malheureuse aujourd'hui, qu'elle n'a que ce terrible choix : amour sans repos, ou repos sans amour.

ROSINE, *baissant les yeux.* Repos sans amour... paraît...

---

1. **Reste :** réside.

ACTE II - Scène 2

FIGARO. Ah ! bien languissant. Il semble, en effet, qu'amour sans repos se présente de meilleure grâce ; et pour moi, si j'étais femme…

ROSINE, *avec embarras.* Il est certain qu'une jeune personne ne peut empêcher un honnête homme de l'estimer.

FIGARO. Aussi mon parent vous estime-t-il infiniment.

ROSINE. Mais s'il allait faire quelque imprudence, monsieur Figaro, il nous perdrait.

FIGARO, *à part.* Il nous perdrait ! *(Haut.)* Si vous le lui défendiez expressément par une petite lettre… Une lettre a bien du pouvoir.

ROSINE *lui donne la lettre qu'elle vient d'écrire.* Je n'ai pas le temps de recommencer celle-ci, mais en la lui donnant, dites-lui… dites-lui bien…*(Elle écoute.)*

FIGARO. Personne, madame.

ROSINE. Que c'est par pure amitié tout ce que je fais.

FIGARO. Cela parle de soi. Tudieu ! l'amour a bien une autre allure !

ROSINE. Que par pure amitié, entendez-vous. Je crains seulement que, rebuté par les difficultés…

FIGARO. Oui, quelque feu follet. Souvenez-vous, madame, que le vent qui éteint une lumière allume un brasier, et que nous sommes ce brasier-là. D'en parler seulement, il exhale un tel feu qu'il m'a presque enfiévré[1] de sa passion, moi qui n'y ai que voir.

ROSINE. Dieux ! J'entends mon tuteur. S'il vous trouvait ici… Passez par le cabinet du clavecin, et descendez le plus doucement que vous pourrez.

FIGARO. Soyez tranquille. *(À part.)* Voici qui vaut mieux que mes observations. *(Il entre dans le cabinet.)*

---

1. Le mot « enfiévré », qui n'est plus français, a excité la plus vive indignation parmi les puritains littéraires ; je ne conseille à aucun galant homme de s'en servir : mais M. Figaro !… (Note de Beaumarchais.)

ACTE II - Scène 3

Scène 3 ROSINE, *seule.*

ROSINE. Je meurs d'inquiétude jusqu'à ce qu'il soit dehors... Que je l'aime, ce bon Figaro ! C'est un bien honnête homme, un bon parent ! Ah ! voilà mon tyran ; reprenons mon ouvrage. *(Elle souffle la bougie, s'assied, et prend une broderie au tambour[1].)*

Scène 4 BARTHOLO, ROSINE

BARTHOLO, *en colère.* Ah ! malédiction ! l'enragé, le scélérat corsaire de Figaro ! Là, peut-on sortir un moment de chez soi sans être sûr en rentrant...

ROSINE. Qui vous met donc si fort en colère, monsieur ?

BARTHOLO. Ce damné barbier qui vient d'écloper toute ma maison, en un tour de main. Il donne un narcotique à L'Éveillé, un sternutatoire[2] à La Jeunesse ; il saigne au pied Marceline ; il n'y a pas jusqu'à ma mule... sur les yeux d'une pauvre bête aveugle, un cataplasme ! Parce qu'il me doit cent écus, il se presse de faire des mémoires[3]. Ah ! qu'il les apporte !... Et personne à l'antichambre ! On arrive à cet appartement comme à la place d'armes[4].

ROSINE. Eh ! qui peut y pénétrer que vous, monsieur ?

BARTHOLO. J'aime mieux craindre sans sujet que de m'exposer sans précaution ; tout est plein de gens entre-

---

1. **Au tambour :** sur un tissu tendu par-dessus un cadre de bois rond.
2. **Sternutatoire :** remède qui fait éternuer.
3. **Mémoires :** factures.
4. **Place d'armes :** lieu spacieux, destiné à ranger des troupes en ordre de bataille.

ACTE II - Scène 4

prenants, d'audacieux... N'a-t-on pas ce matin encore ramassé lestement votre chanson pendant que j'allais la chercher ? Oh ! je...

ROSINE. C'est bien mettre à plaisir de l'importance à tout ! Le vent peut avoir éloigné ce papier, le premier venu, que sais-je ?

BARTHOLO. Le vent, le premier venu !... Il n'y a point de vent, madame, point de premier venu dans le monde ; et c'est toujours quelqu'un posté là exprès qui ramasse les papiers qu'une femme a l'air de laisser tomber par mégarde.

ROSINE. A l'air, monsieur ?

BARTHOLO. Oui, madame, a l'air.

ROSINE, *à part.* Oh ! le méchant vieillard !

BARTHOLO. Mais tout cela n'arrivera plus, car je vais faire sceller cette grille.

ROSINE. Faites mieux, murez mes fenêtres tout d'un coup[1]. D'une prison à un cachot, la différence est si peu de chose !

BARTHOLO. Pour celles qui donnent sur la rue, ce ne serait peut-être pas si mal... Ce barbier n'est pas entré chez vous, au moins !

ROSINE. Vous donne-t-il aussi de l'inquiétude ?

BARTHOLO. Tout comme un autre.

ROSINE. Que vos répliques sont honnêtes[2] !

BARTHOLO. Ah ! fiez-vous à tout le monde, et vous aurez bientôt à la maison une bonne femme pour vous tromper, de bons amis pour vous la souffler et de bons valets pour les y aider.

ROSINE. Quoi ! vous n'accordez pas même qu'on ait des principes contre la séduction de monsieur Figaro ?

---

1. **Tout d'un coup :** en même temps.
2. **Honnêtes :** convenables.

ACTE II - Scène 4

BARTHOLO. Qui diable entend quelque chose à la bizarrerie des femmes, et combien j'en ai vu de ces vertus à principes...

ROSINE, *en colère.* Mais, monsieur, s'il suffit d'être homme pour nous plaire, pourquoi donc me déplaisez-vous si fort ?

BARTHOLO, *stupéfait.* Pourquoi ?... Pourquoi ?... Vous ne répondez pas à ma question sur ce barbier.

ROSINE, *outrée.* Eh bien oui, cet homme est entré chez moi, je l'ai vu, je lui ai parlé. Je ne vous cache pas même que je l'ai trouvé fort aimable ; et puissiez-vous en mourir de dépit ! *(Elle sort.)*

Scène 5 — BARTHOLO, *seul.*

BARTHOLO. Oh ! les juifs ! les chiens de valets ! La Jeunesse ! L'Éveillé ! L'Éveillé ! maudit !

Scène 6 — BARTHOLO, L'ÉVEILLÉ

L'ÉVEILLÉ *arrive en bâillant, tout endormi.* Aah, aah, ah, ah...

BARTHOLO. Où étais-tu, peste d'étourdi, quand ce barbier est entré ici ?

L'ÉVEILLÉ. Monsieur, j'étais... ah, aah, ah...

BARTHOLO. À machiner quelque espièglerie sans doute ? Et tu ne l'as pas vu ?

L'ÉVEILLÉ. Sûrement je l'ai vu, puisqu'il m'a trouvé tout malade, à ce qu'il dit ; et faut bien que ça soit vrai, car j'ai commencé à me douloir[1] dans tous les membres, rien qu'en l'en entendant parl... Ah, ah, aah...

BARTHOLO *le contrefait.* Rien qu'en l'en entendant !... Où donc est ce vaurien de La Jeunesse ? Droguer ce petit garçon sans mon ordonnance ! Il y a quelque friponnerie là-dessous.

Scène 7 LES ACTEURS PRÉCÉDENTS ; LA JEUNESSE *arrive en vieillard, avec une canne en béquille ; il éternue plusieurs fois.*

L'ÉVEILLÉ, *toujours bâillant.* La Jeunesse ?

BARTHOLO. Tu éternueras dimanche.

LA JEUNESSE. Voilà plus de cinquante... cinquante fois... dans un moment ! *(Il éternue.)* Je suis brisé.

BARTHOLO. Comment ! Je vous demande à tous deux s'il est entré quelqu'un chez Rosine, et vous ne me dites pas que ce barbier...

L'ÉVEILLÉ, *continuant de bâiller.* Est-ce que c'est quelqu'un donc, monsieur Figaro ? Aah, ah...

BARTHOLO. Je parie que le rusé s'entend avec lui.

L'ÉVEILLÉ, *pleurant comme un sot.* Moi... je m'entends !...

LA JEUNESSE, *éternuant.* Eh mais, monsieur, y a-t-il... y a-t-il de la justice ?...

BARTHOLO. De la justice ! C'est bon entre vous autres misérables, la justice ! Je suis votre maître, moi, pour avoir toujours raison.

LA JEUNESSE, *éternuant.* Mais, pardi, quand une chose est vraie...

---

1. **Me douloir :** avoir mal. Au XVIIIe siècle, le terme était déjà considéré comme vieilli.

ACTE II - Scène 7

BARTHOLO. Quand une chose est vraie ! Si je ne veux pas qu'elle soit vraie, je prétends bien qu'elle ne soit pas vraie. Il n'y aurait qu'à permettre à tous ces faquins-là d'avoir raison, vous verriez bientôt ce que deviendrait l'autorité.

LA JEUNESSE, *éternuant.* J'aime autant recevoir mon congé[1]. Un service pénible, et toujours un train d'enfer.

L'ÉVEILLÉ, *pleurant.* Un pauvre homme de bien est traité comme un misérable.

BARTHOLO. Sors donc, pauvre homme de bien. *(Il les contrefait.)* Et tchi et t'cha ; l'un m'éternue au nez, l'autre m'y bâille.

LA JEUNESSE. Ah ! monsieur, je vous jure que sans mademoiselle, il n'y aurait... il n'y aurait pas moyen de rester dans la maison. *(Il sort en éternuant.)*

BARTHOLO. Dans quel état ce Figaro les a mis tous ! Je vois ce que c'est : le maraud[2] voudrait me payer mes cent écus sans bourse délier.

---

1. **Recevoir mon congé :** être renvoyé.
2. **Maraud :** coquin.

Bazile. Gravure d'après un dessin d'Émile Bayard, XIXe.

ACTE II - Scène 8

Scène 8 BARTHOLO, DON BAZILE ;
FIGARO, *caché dans le cabinet,
paraît de temps en temps,
et les écoute.*

BARTHOLO *continue*. Ah ! Don Bazile, vous veniez donner à Rosine sa leçon de musique ?

BAZILE. C'est ce qui presse le moins.

BARTHOLO. J'ai passé chez vous sans vous trouver.

BAZILE. J'étais sorti pour vos affaires. Apprenez une nouvelle assez fâcheuse.

BARTHOLO. Pour vous ?

BAZILE. Non, pour vous. Le Comte Almaviva est dans cette ville.

BARTHOLO. Parlez bas. Celui qui faisait chercher Rosine dans tout Madrid ?

BAZILE. Il loge à la grande place et sort tous les jours, déguisé.

BARTHOLO. Il n'en faut point douter, cela me regarde. Et que faire ?

BAZILE. Si c'était un particulier[1], on viendrait à bout de l'écarter.

BARTHOLO. Oui, en s'embusquant le soir, armé, cuirassé...

BAZILE. *Bone Deus*[2] ! Se compromettre ! Susciter une méchante affaire, à la bonne heure, et, pendant la fermentation[3], calomnier[4] à dire d'experts[5] ; *concedo*[6].

---

1. **Un particulier :** une personne du peuple.
2. ***Bone Deus :*** Bon Dieu, en latin.
3. **Pendant la fermentation :** pendant que le trouble est dans les esprits.
4. **Calomnier :** attaquer la réputation de quelqu'un par des mensonges.
5. **À dire d'experts :** comme des experts.
6. ***Concedo :*** je concède, je l'admets, en latin. Expression utilisée en théologie médiévale, dans les exercices rhétoriques.

ACTE II - Scène 8

BARTHOLO. Singulier moyen de se défaire d'un homme !

BAZILE. La calomnie, monsieur ? Vous ne savez guère ce que vous dédaignez ; j'ai vu les plus honnêtes gens près d'en être accablés. Croyez qu'il n'y a pas de plate méchanceté, pas d'horreurs, pas de conte absurde, qu'on ne fasse adopter aux oisifs d'une grande ville, en s'y prenant bien ; et nous avons ici des gens d'une adresse !... D'abord un bruit léger, rasant le sol comme hirondelle avant l'orage, *pianissimo*[1], murmure et file, et sème en courant le trait empoisonné. Telle bouche le recueille, et *piano, piano*, vous le glisse en l'oreille adroitement. Le mal est fait, il germe, il rampe, il chemine, et *rinforzando* de bouche en bouche il va le diable[2] ; puis tout à coup, ne sais comment, vous voyez Calomnie se dresser, siffler, s'enfler, grandir à vue d'œil ; elle s'élance, étend son vol, tourbillonne, enveloppe, arrache, entraîne, éclate et tonne, et devient, grâce au ciel, un cri général, un *crescendo* public, un chorus[3] universel de haine et de proscription[4]. Qui diable y résisterait ?

BARTHOLO. Mais quel radotage me faites-vous donc là, Bazile ? Et quel rapport ce *piano-crescendo* peut-il avoir à[5] ma situation ?

BAZILE. Comment, quel rapport ? Ce qu'on fait partout, pour écarter son ennemi, il faut le faire ici pour empêcher le vôtre d'approcher.

BARTHOLO. D'approcher ? Je prétends bien épouser Rosine avant qu'elle apprenne seulement que ce Comte existe.

---

1. ***Pianissimo*** : très doucement. Notation musicale italienne (alors nouvelle pour le public français). Voir aussi, plus loin, *piano, piano* (tout doucement), *rinforzando* (en renforçant l'attaque des notes), *crescendo* (de plus en plus fort), *piano-crescendo* (doucement puis de plus en plus fort).
2. **Il va le diable** : il va à toute allure.
3. **Chorus :** terme musical, partie chantée par tous les chanteurs d'un ensemble vocal à la fois.
4. **Proscription :** condamnation à mort sans jugement.
5. **À :** avec.

ACTE II - Scène 8

BAZILE. En ce cas, vous n'avez pas un instant à perdre.

BARTHOLO. Et à qui tient-il, Bazile ? Je vous ai chargé de tous les détails de cette affaire.

BAZILE. Oui. Mais vous avez lésiné sur les frais, et, dans l'harmonie[1] du bon ordre, un mariage inégal, un jugement inique[2], un passe-droit[3] évident, sont des dissonances qu'on doit toujours préparer et sauver par l'accord parfait[4] de l'or.

BARTHOLO, *lui donnant de l'argent.* Il faut en passer par où vous voulez ; mais finissons.

BAZILE. Cela s'appelle parler. Demain tout sera terminé ; c'est à vous d'empêcher que personne, aujourd'hui, ne puisse instruire la pupille.

BARTHOLO. Fiez-vous-en à moi. Viendrez-vous ce soir, Bazile ?

BAZILE. N'y comptez pas. Votre mariage seul m'occupera toute la journée ; n'y comptez pas.

BARTHOLO *l'accompagne.* Serviteur[5].

BAZILE. Restez, docteur, restez donc.

BARTHOLO. Non pas. Je veux fermer sur vous la porte de la rue.

---

1. **Harmonie :** au sens propre, accord de divers sons ; au sens figuré, accord complet entre plusieurs choses.
2. **Inique :** injuste.
3. **Passe-droit :** permission donnée à quelqu'un de faire quelque chose, en dépit de la loi.
4. **Accord parfait :** expression musicale désignant une association spécifique de sons. Cette association est harmonieuse à l'oreille.
5. **Serviteur :** raccourci de la formule de politesse « je suis votre serviteur » énoncée quand on quitte quelqu'un.

Scène 9 — FIGARO, *seul, sortant du cabinet.*

FIGARO. Oh ! la bonne précaution ! Ferme, ferme la porte de la rue, et moi je vais la rouvrir au comte en sortant. C'est un grand maraud que ce Bazile ! heureusement il est encore plus sot. Il faut un état, une famille, un nom, un rang, de la consistance enfin, pour faire sensation dans le monde en calomniant. Mais un Bazile ! il médirait[1], qu'on ne le croirait pas.

Scène 10 — ROSINE, *accourant* ; FIGARO

ROSINE. Quoi ! vous êtes encore là, monsieur Figaro ?

FIGARO. Très heureusement pour vous, mademoiselle. Votre tuteur et votre maître de musique, se croyant seuls ici, viennent de parler à cœur ouvert...

ROSINE. Et vous les avez écoutés, monsieur Figaro ? Mais savez-vous que c'est fort mal ?

FIGARO. D'écouter ? C'est pourtant tout ce qu'il y a de mieux pour bien entendre. Apprenez que votre tuteur se dispose à vous épouser demain.

ROSINE. Ah ! grands dieux !

FIGARO. Ne craignez rien, nous lui donnerons tant d'ouvrage, qu'il n'aura pas le temps de songer à celui-là.

ROSINE. Le voici qui revient ; sortez donc par le petit escalier. Vous me faites mourir de frayeur. *(Figaro s'enfuit.)*

---

1. **Médirait** : dirait du mal de quelqu'un en tenant des propos justifiés.

ACTE II - Scène 11

Scène 11 BARTHOLO, ROSINE

ROSINE. Vous étiez ici avec quelqu'un, Monsieur ?

BARTHOLO. Don Bazile que j'ai reconduit, et pour cause. Vous eussiez mieux aimé que c'eût été monsieur Figaro ?

ROSINE. Cela m'est fort égal, je vous assure.

BARTHOLO. Je voudrais bien savoir ce que ce barbier avait de si pressé à vous dire ?

ROSINE. Faut-il parler sérieusement ? Il m'a rendu compte de l'état de Marceline, qui même n'est pas trop bien, à ce qu'il dit.

BARTHOLO. Vous rendre compte ! Je vais parier qu'il était chargé de vous remettre quelque lettre.

ROSINE. Et de qui, s'il vous plaît ?

BARTHOLO. Oh ! de qui ! De quelqu'un que les femmes ne nomment jamais. Que sais-je, moi ? Peut-être la réponse au papier de la fenêtre.

ROSINE, *à part.* Il n'en a pas manqué une seule. *(Haut.)* Vous mériteriez bien que cela fût.

BARTHOLO *regarde les mains de Rosine.* Cela est. Vous avez écrit.

ROSINE, *avec embarras.* Il serait assez plaisant que vous eussiez le projet de m'en faire convenir.

BARTHOLO, *lui prenant la main droite.* Moi ! point du tout ; mais votre doigt encore taché d'encre ! Hein ? Rusée signora[1] !

ROSINE, *à part.* Maudit homme !

BARTHOLO, *lui tenant toujours la main.* Une femme se croit bien en sûreté parce qu'elle est seule.

ROSINE. Ah ! sans doute… La belle preuve !… Finissez donc, monsieur, vous me tordez le bras. Je me suis brûlée en chif-

---

1. **Signora :** madame, en italien.

fonnant[1] autour de cette bougie, et l'on m'a toujours dit qu'il fallait aussitôt tremper dans l'encre ; c'est ce que j'ai fait.

BARTHOLO. C'est ce que vous avez fait ? Voyons donc si un second témoin confirmera la déposition du premier. C'est ce cahier de papier où je suis certain qu'il y avait six feuilles ; car je les compte tous les matins, aujourd'hui encore.

ROSINE, *à part*. Oh ! imbécile !

BARTHOLO, *comptant*. Trois, quatre, cinq...

ROSINE. La sixième...

BARTHOLO. Je vois bien qu'elle n'y est pas, la sixième.

ROSINE, *baissant les yeux*. La sixième, je l'ai employée à faire un cornet pour des bonbons que j'ai envoyés à la petite Figaro.

BARTHOLO. À la petite Figaro ? Et la plume qui était toute neuve, comment est-elle devenue noire ? Est-ce en écrivant l'adresse de la petite Figaro ?

ROSINE, *à part*. Cet homme a un instinct de jalousie !... *(Haut.)* Elle m'a servi à retracer une fleur effacée sur la veste que je vous brode au tambour.

BARTHOLO. Que cela est édifiant ! Pour qu'on vous crût, mon enfant, il faudrait ne pas rougir en déguisant coup sur coup la vérité ; mais c'est ce que vous ne savez pas encore.

ROSINE. Eh ! qui ne rougirait pas, Monsieur, de voir tirer des conséquences aussi malignes des choses le plus innocemment faites ?

BARTHOLO. Certes, j'ai tort ; se brûler le doigt, le tremper dans l'encre, faire des cornets aux bonbons pour la petite Figaro, et dessiner ma veste au tambour ! Quoi de plus innocent ? Mais que de mensonges entassés pour cacher un seul fait !... « Je suis seule, on ne me voit point ; je pourrai mentir à mon aise. » Mais le bout du doigt reste noir, la plume est tachée, le papier manque ; on ne saurait penser à tout. Bien certainement, signora, quand, j'irai par la ville, un bon double tour me répondra de vous.

---

1. **En chiffonnant :** en m'occupant de linge.

Bartholo. Gravure d'après un dessin d'Émile Bayard, XIXe.

Scène 12 — Le Comte, Bartholo, Rosine

LE COMTE, *en uniforme de cavalerie, ayant l'air d'être entre deux vins et chantant :* « Réveillons-là »[1], *etc.*

BARTHOLO. Mais que nous veut cet homme ? Un soldat ! Rentrez chez vous, signora.

LE COMTE, *chante.* « Réveillons-là », *et s'avance vers Rosine.* Qui de vous deux, mesdames, se nomme le docteur Balordo[2] ? *(À Rosine, bas.)* Je suis Lindor.

BARTHOLO. Bartholo !

ROSINE, *à part.* Il parle de Lindor.

LE COMTE. Balordo, Barque à l'eau, je m'en moque comme de ça. Il s'agit seulement de savoir laquelle des deux... *(À Rosine, lui montrant un papier.)* Prenez cette lettre.

BARTHOLO. Laquelle ! vous voyez bien que c'est moi ! Laquelle ! Rentrez donc, Rosine, cet homme paraît avoir du vin[3].

ROSINE. C'est pour cela, monsieur ; vous êtes seul. Une femme en impose quelquefois.

BARTHOLO. Rentrez, rentrez ; je ne suis pas timide[4].

---

1. **Réveillons-là :** expression de militaire, signifiant « Réveillez-vous là-dedans ».
2. **Balordo :** mot italien signifant « balourd » et nom d'un personnage ridicule dans la comédie italienne.
3. **Avoir du vin :** avoir bu.
4. **Timide :** peureux.

ACTE II - Scène 13

Scène 13 — Le Comte, Bartholo

Le Comte. Oh ! Je vous ai reconnu d'abord[1] à votre signalement.

Bartholo, *au Comte, qui serre*[2] *la lettre.* Qu'est-ce que c'est donc que vous cachez là dans votre poche ?

Le Comte. Je le cache dans ma poche pour que vous ne sachiez pas ce que c'est.

Bartholo. Mon signalement ? Ces gens-là croient toujours parler à des soldats !

Le Comte. Pensez-vous que ce soit une chose si difficile à faire que votre signalement ?

> *Le chef*[3] *branlant, la tête chauve,*
> *Les yeux vairons*[4]*, le regard fauve,*
> *L'air farouche d'un Algonquin*[5]*...*

Bartholo. Qu'est-ce que cela veut dire ? Êtes-vous ici pour m'insulter ? Délogez à l'instant.

Le Comte. Déloger ! Ah, fi ! que c'est mal parler ! Savez-vous lire, docteur... Barbe à l'eau ?

Bartholo. Autre question saugrenue.

Le Comte. Oh ! que cela ne vous fasse point de peine, car, moi qui suis pour le moins aussi docteur que vous...

Bartholo. Comment cela ?

---

1. **D'abord :** tout de suite.
2. **Serre :** cache.
3. **Le chef :** la tête.
4. **Les yeux vairons :** les yeux de couleur dissemblable. L'adjectif s'applique généralement à des animaux.
5. **Un Algonquin :** un Indien de la tribu des Algonquins, au Canada.

ACTE II - Scène 13

LE COMTE. Est-ce que je ne suis pas le médecin des chevaux du régiment ? Voilà pourquoi l'on m'a exprès logé chez un confrère.

BARTHOLO. Oser comparer un maréchal[1] !...

LE COMTE

(AIR : *Vive le vin*[2])

(Sans chanter)

> *Non, docteur, je ne prétends pas*
> *Que notre art obtienne le pas*
> *Sur Hippocrate*[3] *et sa brigade,*

(En chantant)

> *Votre savoir, mon camarade,*
> *Est d'un succès*[4] *plus général,*
> *Car, s'il n'emporte point le mal,*
> *Il emporte au moins le malade.*

C'est-il poli, ce que je vous dis là ?

BARTHOLO. Il vous sied bien, manipuleur[5] ignorant, de ravaler ainsi le premier, le plus grand et le plus utile des arts !

LE COMTE. Utile tout à fait pour ceux qui l'exercent.

BARTHOLO. Un art dont le soleil s'honore d'éclairer les succès.

LE COMTE. Et dont la terre s'empresse de couvrir les bévues.

---

1. **Un maréchal :** dans l'armée, soldat chargé de ferrer les chevaux et de les soigner quand ils sont malades.
2. ***Vive le vin :*** air de Monsigny tiré de la pièce récente de Sedaine, *Le Déserteur* (1769).
3. **Hippocrate :** médecin de l'Antiquité grecque et figure tutélaire des médecins.
4. **Est d'un succès :** a des conséquences.
5. **Manipuleur :** mot inventé par Beaumarchais pour déprécier le métier de maréchal.

ACTE II - Scène 13

45 **BARTHOLO.** On voit bien, malappris, que vous n'êtes habitué de parler qu'à des chevaux.

LE COMTE. Parler à des chevaux ? Ah, docteur, pour un docteur d'esprit… N'est-il pas de notoriété que le maréchal guérit toujours ses malades sans leur parler ; au lieu
50 que le médecin parle toujours aux siens…

BARTHOLO. Sans les guérir, n'est-ce pas ?

LE COMTE. C'est vous qui l'avez dit.

BARTHOLO. Qui diable envoie ici ce maudit ivrogne ?

LE COMTE. Je crois que vous me lâchez des épigrammes[1],
55 l'Amour[2] !

BARTHOLO. Enfin, que voulez-vous, que demandez-vous ?

LE COMTE, *feignant une grande colère.* Eh bien donc, il s'enflamme ! Ce que je veux ? Est-ce que vous ne le voyez pas ?

---

1. **Épigrammes (n. f.) :** petits poèmes satiriques.
2. **L'Amour :** sobriquet irrespectueux donné à Bartholo.

Scène 14 — ROSINE, LE COMTE, BARTHOLO

ROSINE, *accourant.* Monsieur le soldat, ne vous emportez point, de grâce ! *(À Bartholo.)* Parlez-lui doucement, monsieur ; un homme qui déraisonne...

LE COMTE. Vous avez raison ; il déraisonne, lui, mais nous sommes raisonnables, nous ! Moi poli, et vous jolie... enfin suffit. La vérité, c'est que je ne veux avoir affaire qu'à vous dans la maison.

ROSINE. Que puis-je pour votre service, monsieur le soldat ?

LE COMTE. Une petite bagatelle, mon enfant. Mais s'il y a de l'obscurité dans mes phrases...

ROSINE. J'en saisirai l'esprit.

LE COMTE, *lui montrant la lettre.* Non, attachez-vous à la lettre, à la lettre. Il s'agit seulement... mais je dis en tout bien, tout honneur, que vous me donniez à coucher, ce soir.

BARTHOLO. Rien que cela ?

LE COMTE. Pas davantage. Lisez le billet doux que notre maréchal-des-logis vous écrit.

BARTHOLO. Voyons. *(Le Comte cache la lettre et lui donne un autre papier. Bartholo lit.)* « Le docteur Bartholo recevra, nourrira, hébergera, couchera... »

LE COMTE, *appuyant.* Couchera.

BARTHOLO. « Pour une nuit seulement, le nommé Lindor, dit l'Écolier, cavalier au régiment... »

ROSINE. C'est lui, c'est lui-même.

BARTHOLO, *vivement, à Rosine.* Qu'est-ce qu'il y a ?

LE COMTE. Eh bien, ai-je tort, à présent, docteur Barbaro ?

BARTHOLO. On dirait que cet homme se fait un malin plaisir de m'estropier de toutes les manières possibles. Allez au diable ! Barbaro ! Barbe à l'eau ! et dites à votre impertinent maréchal-des-logis que, depuis mon voyage à Madrid, je suis exempt de loger des gens de guerre.

ACTE II - Scène 14

LE COMTE, *à part.* Ô ciel ! fâcheux contretemps !

BARTHOLO. Ah ! ah ! notre ami, cela vous contrarie et vous dégrise un peu ! Mais n'en décampez pas moins à l'instant.

LE COMTE, *à part.* J'ai pensé me trahir[1] ! *(Haut.)* Décamper ! Si vous êtes exempt des gens de guerre, vous n'êtes pas exempt de politesse, peut-être ? Décamper ! Montrez-moi votre brevet d'exemption ; quoique je ne sache pas lire, je verrai bientôt...

BARTHOLO. Qu'à cela ne tienne. Il est dans ce bureau.

LE COMTE, *pendant qu'il y va, dit, sans quitter sa place.* Ah ! ma belle Rosine !

ROSINE. Quoi, Lindor, c'est vous ?

LE COMTE. Recevez au moins cette lettre.

ROSINE. Prenez garde, il a les yeux sur nous.

LE COMTE. Tirez votre mouchoir, je la laisserai tomber. *(Il s'approche.)*

BARTHOLO. Doucement, doucement, seigneur soldat, je n'aime point qu'on regarde ma femme de si près.

LE COMTE. Elle est votre femme ?

BARTHOLO. Eh ! quoi donc ?

LE COMTE. Je vous ai pris pour son bisaïeul paternel, maternel, sempiternel ; il y a au moins trois générations entre elle et vous.

BARTHOLO *lit un parchemin.* « Sur les bons et fidèles témoignages qui nous ont été rendus... »

LE COMTE *donne un coup de main sous les parchemins, qui les envoie au plancher.* Est-ce que j'ai besoin de tout ce verbiage ?

BARTHOLO. Savez-vous bien, soldat, que si j'appelle mes gens, je vous fais traiter sur-le-champ comme vous le méritez ?

LE COMTE. Bataille ? Ah ! volontiers. Bataille ! c'est mon métier à moi. *(Montrant son pistolet de ceinture.)* Et voici

---

1. **J'ai pensé me trahir :** j'ai cru m'être trahi.

de quoi leur jeter de la poudre aux yeux. Vous n'avez peut-être jamais vu de bataille, madame ?

ROSINE. Ni ne veux en voir.

LE COMTE. Rien n'est pourtant aussi gai que bataille. Figurez-vous *(poussant le docteur)* d'abord que l'ennemi est d'un côté du ravin, et les amis de l'autre. *(À Rosine, en lui montrant la lettre.)* Sortez le mouchoir. *(Il crache à terre.)* Voilà le ravin, cela s'entend.

ROSINE *tire son mouchoir, le Comte laisse tomber sa lettre entre elle et lui.*

BARTHOLO, *se baissant.* Ah ! ah !

LE COMTE *la reprend et dit.* Tenez... moi qui allais vous apprendre ici les secrets de mon métier... Une femme bien discrète en vérité ! Ne voilà-t-il pas un billet doux qu'elle laisse tomber de sa poche ?

BARTHOLO. Donnez, donnez.

LE COMTE. *Dulciter*[1], Papa ! chacun son affaire. Si une ordonnance de rhubarbe[2] était tombée de la vôtre ?

ROSINE *avance la main.* Ah ! je sais ce que c'est, monsieur le soldat. *(Elle prend la lettre, qu'elle cache dans la petite poche de son tablier.)*

BARTHOLO. Sortez-vous enfin ?

LE COMTE. Eh bien, je sors ; adieu, docteur ; sans rancune. Un petit compliment[3], mon cœur : priez la mort de m'oublier encore quelques campagnes ; la vie ne m'a jamais été si chère.

BARTHOLO. Allez toujours, si j'avais ce crédit-là sur la mort...

LE COMTE. Sur la mort ? Ah ! docteur ! Vous faites tant de choses pour elle, qu'elle n'a rien à vous refuser. *(Il sort.)*

---

1. ***Dulciter*** : doucement (mot de bas latin).
2. **Rhubarbe** : fruit que les médecins prescrivaient comme laxatif.
3. **Compliment** : mot gentil.

ACTE II - Scène 15

Scène 15 · BARTHOLO, ROSINE

BARTHOLO *le regarde aller.* Il est enfin parti. *(À part.)* Dissimulons.

ROSINE. Convenez pourtant, monsieur, qu'il est bien gai ce jeune soldat ! À travers son ivresse, on voit qu'il ne manque ni d'esprit, ni d'une certaine éducation.

BARTHOLO. Heureux, m'amour, d'avoir pu nous en délivrer ! mais n'es-tu pas un peu curieuse de lire avec moi le papier qu'il t'a remis ?

ROSINE. Quel papier ?

BARTHOLO. Celui qu'il a feint de ramasser pour te le faire accepter.

ROSINE. Bon ! c'est la lettre de mon cousin l'officier, qui était tombée de ma poche.

BARTHOLO. J'ai idée, moi, qu'il l'a tirée de la sienne.

ROSINE. Je l'ai très bien reconnue.

BARTHOLO. Qu'est-ce qu'il coûte d'y regarder ?

ROSINE. Je ne sais pas seulement ce que j'en ai fait.

BARTHOLO, *montrant la pochette.* Tu l'as mise là.

ROSINE. Ah ! ah ! par distraction.

BARTHOLO. Ah ! sûrement. Tu vas voir que ce sera quelque folie.

ROSINE, *à part.* Si je ne le mets pas en colère, il n'y aura pas moyen de refuser.

BARTHOLO. Donne donc, mon cœur.

ROSINE. Mais quelle idée avez-vous en insistant, monsieur ? Est-ce encore quelque méfiance ?

BARTHOLO. Mais, vous, quelle raison avez-vous de ne pas le montrer ?

ROSINE. Je vous répète, monsieur, que ce papier n'est autre que la lettre de mon cousin, que vous m'avez rendue hier toute décachetée ; et puisqu'il en est question, je vous dirai tout net que cette liberté me déplaît excessivement.

BARTHOLO. Je ne vous entends[1] pas !

ROSINE. Vais-je examiner les papiers qui vous arrivent ? Pourquoi vous donnez-vous des airs de toucher à ceux qui me sont adressés ? Si c'est jalousie, elle m'insulte ; s'il s'agit de l'abus d'une autorité usurpée, j'en suis plus révoltée encore.

BARTHOLO. Comment, révoltée ! Vous ne m'avez jamais parlé ainsi.

ROSINE. Si je me suis modérée jusqu'à ce jour, ce n'était pas pour vous donner le droit de m'offenser impunément.

BARTHOLO. De quelle offense parlez-vous ?

ROSINE. C'est qu'il est inouï qu'on se permette d'ouvrir les lettres de quelqu'un.

BARTHOLO. De sa femme ?

ROSINE. Je ne la suis pas encore. Mais pourquoi lui donnerait-on la préférence d'une indignité qu'on ne fait à personne ?

BARTHOLO. Vous voulez me faire prendre le change et détourner mon attention du billet, qui, sans doute, est une missive de quelque amant ! Mais je le verrai, je vous assure.

ROSINE. Vous ne le verrez pas. Si vous m'approchez, je m'enfuis de cette maison, et je demande retraite[2] au premier venu.

BARTHOLO. Qui ne vous recevra point.

ROSINE. C'est ce qu'il faudra voir.

BARTHOLO. Nous ne sommes pas ici en France, où l'on donne toujours raison aux femmes ; mais, pour vous en ôter la fantaisie, je vais fermer la porte.

---

1. **Entends :** comprends.
2. **Retraite :** asile.

ACTE II - Scène 15

ROSINE, *pendant qu'il y va.* Ah ciel ! que faire ?... Mettons vite à la place la lettre de mon cousin, et donnons-lui beau jeu à la prendre. *(Elle fait l'échange, et met la lettre du cousin dans sa pochette, de façon qu'elle sorte un peu.)*

BARTHOLO, *menant.* Ah ! j'espère maintenant la voir.

ROSINE. De quel droit, s'il vous plaît ?

BARTHOLO. Du droit le plus universellement reconnu, celui du plus fort.

ROSINE. On me tuera plutôt que de l'obtenir de moi.

BARTHOLO, *frappant du pied.* Madame ! madame !...

ROSINE *tombe sur un fauteuil et feint de se trouver mal.* Ah ! quelle indignité !...

BARTHOLO. Donnez cette lettre, ou craignez ma colère.

ROSINE, *renversée.* Malheureuse Rosine !

BARTHOLO. Qu'avez-vous donc ?

ROSINE. Quel avenir affreux !

BARTHOLO. Rosine !

ROSINE. J'étouffe de fureur !

BARTHOLO. Elle se trouve mal.

ROSINE. Je m'affaiblis, je meurs.

BARTHOLO, *à part.* Dieux ! la lettre ! Lisons-la sans qu'elle en soit instruite. *(Il lui tâte le pouls et prend la lettre qu'il tâche de lire en se tournant un peu.)*

ROSINE, *toujours renversée.* Infortunée ! ah !...

BARTHOLO *lui quitte le bras, et dit à part.* Quelle rage a-t-on d'apprendre ce qu'on craint toujours de savoir !

ROSINE. Ah ! pauvre Rosine !

BARTHOLO. L'usage des odeurs[1]... produit ces affections spasmodiques. *(Il lit par derrière le fauteuil, en lui tâtant le pouls. Rosine se relève un peu, le regarde finement, fait un geste de tête, et se remet sans parler.)*

---

1. **Odeurs :** parfums.

ACTE II - Scène 15

BARTHOLO, *à part.* Ô ciel ! c'est la lettre de son cousin. Maudite inquiétude ! Comment l'apaiser maintenant ? Qu'elle ignore au moins que je l'ai lue ! *(Il fait semblant de la soutenir et remet la lettre dans la pochette.)*

ROSINE *soupire.* Ah !...

BARTHOLO. Eh bien ! ce n'est rien, mon enfant ; un petit mouvement de vapeurs[1], voilà tout ; car ton pouls n'a seulement pas varié. *(Il va prendre un flacon sur la console.)*

ROSINE, *à part.* Il a remis la lettre : fort bien !

BARTHOLO. Ma chère Rosine, un peu de cette eau spiritueuse[2].

ROSINE. Je ne veux rien de vous ; laissez-moi.

BARTHOLO. Je conviens que j'ai montré trop de vivacité sur ce billet.

ROSINE. Il s'agit bien du billet. C'est votre façon de demander les choses qui est révoltante.

BARTHOLO, *à genoux.* Pardon ; j'ai bientôt senti tous mes torts, et tu me vois à tes pieds, prêt à les réparer.

ROSINE. Oui, pardon ! lorsque vous croyez que cette lettre ne vient pas de mon cousin.

BARTHOLO. Qu'elle soit d'un autre ou de lui, je ne veux aucun éclaircissement.

ROSINE, *lui présentant la lettre.* Vous voyez qu'avec de bonnes façons, on obtient tout de moi. Lisez-la.

BARTHOLO. Cet honnête procédé dissiperait mes soupçons si j'étais assez malheureux pour en conserver.

ROSINE. Lisez-la donc, Monsieur.

BARTHOLO *se retire.* À Dieu ne plaise que je te fasse une pareille injure !

ROSINE. Vous me contrariez de la refuser.

---

1. **Vapeurs :** pour les médecins de l'époque, exhalaisons montant au cerveau et provoquant des malaises.
2. **Eau spiritueuse :** eau alcoolisée, utilisée en cas d'évanouissement.

ACTE II - Scène 15

BARTHOLO. Reçois en réparation cette marque de ma parfaite confiance. Je vais voir la pauvre Marceline, que ce Figaro a, je ne sais pourquoi, saignée au pied ; n'y viens-tu pas aussi ?

ROSINE. J'y monterai dans un moment.

BARTHOLO. Puisque la paix est faite, mignonne, donne-moi ta main. Si tu pouvais m'aimer ! ah, comme tu serais heureuse !

ROSINE, *baissant les yeux.* Si vous pouviez me plaire, ah ! comme je vous aimerais !

BARTHOLO. Je te plairai, je te plairai ; quand je te dis que je te plairai ! *(Il sort).*

Scène 16 ROSINE

ROSINE *le regarde aller.*

Ah ! Lindor ! Il dit qu'il me plaira !... Lisons cette lettre qui a manqué de me causer tant de chagrin. *(Elle lit et s'écrie)* Ah !... j'ai lu trop tard : il me recommande de tenir une querelle ouverte avec mon tuteur ; j'en avais une si bonne, et je l'ai laissée échapper ! En recevant la lettre, j'ai senti que je rougissais jusqu'aux yeux. Ah ! mon tuteur a raison. Je suis bien loin d'avoir cet usage du monde, qui, me dit-il souvent, assure le maintien des femmes en toute occasion ; mais un homme injuste parviendrait à faire une rusée de l'innocence même.

Clefs d'analyse
Acte II.

Compréhension

L'action
- Repérer les éléments qui confirment ou infirment le programme annoncé par Figaro à la fin de l'acte I : « endormir la vigilance », « égarer la jalousie » (II, 4, 15).
- Observer la péripétie contrariant les plans de Figaro (II, 14).
- Observer la suggestion de Bazile à Bartholo, nouveau ressort pour l'action future (II, 8).

Des scènes de farce
- Relever les éléments farcesques (répliques, didascalies) des interventions de L'Éveillé et de La Jeunesse (II, 6, 7).
- Relever les marques d'insolence et le vocabulaire de la guerre dans les répliques du comte (II, 12, 13, 14).

Réflexion

Éfficacité dramatique
- Analyser ce qui rapproche la pièce de la farce dans cet acte.
- Analyser la surprise que peut susciter le comte chez les spectateurs (II, 12, 13, 14).

Les personnages de Bartholo et de Rosine
- Analyser la cruauté et la ruse à l'œuvre dans les rapports de force successifs entre Bartholo et Rosine (II, 4, 11, 15).

À retenir :
L'acte II, où commence, selon les règles classiques, le nœud de la pièce (c'est-à-dire le déploiement du projet mis en place dans l'exposition) constitue une montée en puissance, tant du point de vue dramatique, avec la multiplication des obstacles et une succession jubilatoire de scènes farcesques et grinçantes, que du point de vue des personnages, à la fois brillants et surprenants : Rosine, par sa pugnacité, Bartholo par sa ruse, et le comte, par son talent d'acteur.

Synthèse Acte II.

Une farce et un plaidoyer en faveur des femmes

Personnages

Des personnages de farce

Dans l'acte II, les personnages et les situations se rapprochent de la farce. Deux domestiques du docteur tiennent presque des rôles de mimes : L'Éveillé, qui ne cesse de bâiller et de pleurer, et La Jeunesse, vieillard toujours éternuant, sont à peu près incapables de terminer une phrase. Quant à Bazile, il fait figure de caricature d'homme d'Église, dans sa sinuosité sournoise et sa vénalité. Le rôle du docteur – despotique avec ses serviteurs, inquisitorial et même violent avec Rosine – devient celui d'un tyran domestique. Le comte et Rosine ne sont pas en reste : déguisé en cavalier ivre, Almaviva ne se retient pas devant Bartholo qu'il insulte grossièrement ; quant à Rosine, d'abord dans le rôle traditionnel de l'amoureuse inquiète (scène 2), elle se révèle beaucoup plus inventive et comédienne, suscitant la colère puis feignant l'évanouissement pour mieux tromper Bartholo (scène 15). Dans la dernière scène seulement, Rosine échappe à la farce en évoquant son amour et sa détermination, malgré son inexpérience : c'est bien une nouvelle « école des femmes » à laquelle nous assistons.

Langage

Un langage de farce

Le langage outré des personnages accentue cet aspect farcesque. Les domestiques, on l'a vu, ne peuvent presque plus parler : leur corps s'exprime à leur place. Bazile au contraire fait des effets de langage voyants : il émaille ses propos d'expressions latines et de métaphores filées ou recourt au vocabulaire musical. Puis voilà le comte, ce grand seigneur, qui adopte avec délectation la gouaille

Synthèse Acte II.

et l'insolence rieuse du soldat pris de vin, et enfin Rosine, fausse tragédienne jouant la dignité offensée !
Parole de farce aussi que celle de Bartholo : « Nous ne sommes pas ici en France où l'on donne toujours raison aux femmes », car la farce aime à rompre l'illusion théâtrale pour rendre le spectateur plus complice encore.

Société

L'injustice faite aux femmes

L'attitude de Bartholo vis-à-vis de ses employés et de sa pupille s'apparente à celle d'un despote : il déclare ne reconnaître aucun droit sinon celui du plus fort, s'érige en seul juge de la vérité et croit même pouvoir forcer la jeune fille à l'aimer. Pourtant, son autorité est toute relative, car ses domestiques parlent de reprendre leur liberté, et Bazile ne sert que l'argent. Mais Rosine, elle, lui est totalement assujettie. D'où la stupéfaction du tuteur lorsque sa pupille parle d'« autorité usurpée », d'« offense », d'« indignité », et sa sérénité lorsqu'elle menace de s'enfuir.

De Richardson à Marivaux et à Diderot, les écrivains des Lumières ont défendu la cause féminine et pris pour héroïnes des femmes maltraitées, abusées, abandonnées, incapables de mener une vie décente et honnête hors de l'autorité d'un père ou d'un mari. De même, le premier drame de Beaumarchais, *Eugénie*, évoque les déboires d'une jeune fille enceinte des œuvres d'un lord qui a contracté avec elle un faux mariage, et compte en fait épouser une autre femme. Deuxième volet de la trilogie espagnole, *Le Mariage de Figaro* met en scène les efforts faits par Rosine, Suzanne et Figaro pour empêcher le comte d'abuser de la fiancée du célèbre valet. *La Mère coupable*, troisième volet, réhabilite la femme adultère au nom de l'amour... Le grand combat du *Barbier de Séville* se livre contre l'asservissement des femmes.

ACTE III

Scène 1 BARTHOLO

BARTHOLO, *seul et désolé.* Quelle humeur ! quelle humeur ! Elle paraissait apaisée... Là, qu'on me dise qui diable lui a fourré dans la tête de ne plus vouloir prendre leçon de Don Bazile ! Elle sait qu'il se mêle de mon mariage... *(On heurte à la porte.)* Faites tout au monde pour plaire aux femmes ; si vous omettez un seul petit point... je dis un seul... *(On heurte une seconde fois.)* Voyons qui c'est.

Scène 2 BARTHOLO, LE COMTE, *en bachelier.*

LE COMTE. Que la paix et la joie habitent toujours céans[1] !

BARTHOLO, *brusquement.* Jamais souhait ne vint plus à propos. Que voulez-vous ?

LE COMTE. Monsieur, je suis Alonzo, bachelier, licencié...

BARTHOLO. Je n'ai pas besoin de précepteur.

LE COMTE. ...élève de don Bazile, organiste du grand couvent, qui a l'honneur de montrer la musique à madame votre...

BARTHOLO. Bazile ! organiste ! qui a l'honneur ! Je le sais ; au fait.

LE COMTE, *à part.* Quel homme ! *(Haut.)* Un mal subit qui le force à garder le lit...

BARTHOLO. Garder le lit ! Bazile ! Il a bien fait d'envoyer[2] ; je vais le voir à l'instant.

---

1. **Céans :** ici.
2. **Envoyer :** sous-entendu, quelqu'un.

ACTE III - Scène 2

LE COMTE, *à part.* Oh diable ! *(Haut.)* Quand je dis le lit, monsieur c'est... la chambre que j'entends[1].

BARTHOLO. Ne fût-il qu'incommodé... Marchez devant, je vous suis.

LE COMTE, *embarrassé.* Monsieur, j'étais chargé... Personne ne peut-il nous entendre ?

BARTHOLO, *à part.* C'est quelque fripon. *(Haut.)* Eh ! non, monsieur le mystérieux ! Parlez sans vous troubler, si vous pouvez.

LE COMTE *à part.* Maudit vieillard ! *(Haut.)* Don Bazile m'avait chargé de vous apprendre...

BARTHOLO. Parlez haut, je suis sourd d'une oreille.

LE COMTE, *élevant la voix.* Ah ! volontiers. Que le comte Almaviva, qui restait à la grande place...

BARTHOLO, *effrayé.* Parlez bas, parlez bas !

LE COMTE, *plus haut.* En est délogé ce matin. Comme c'est par moi qu'il a su que le comte Almaviva...

BARTHOLO. Bas ; parlez bas ; je vous prie.

LE COMTE, *du même ton...* Était en cette ville, et que j'ai découvert que la signora Rosine lui a écrit...

BARTHOLO. Lui a écrit ? Tenez, asseyons-nous et jasons d'amitié[2]. Vous avez découvert, dites-vous, que Rosine...

LE COMTE, *fièrement.* Assurément. Bazile, inquiet pour vous de cette correspondance, m'avait prié de vous montrer sa lettre ; mais la manière dont vous prenez les choses...

BARTHOLO. Eh ! mon Dieu ! je les prends bien. Mais ne vous est-il donc pas possible de parler plus bas ?

LE COMTE. Vous êtes sourd d'une oreille, avez-vous dit.

BARTHOLO. Pardon, pardon, seigneur Alonzo, si vous m'avez trouvé méfiant et dur ; mais je suis tellement entouré d'intrigants, de pièges... Et puis votre tournure,

---

1. **Que j'entends :** que je veux dire.
2. **Jasons d'amitié :** bavardons amicalement.

ACTE III - Scène 2

votre âge, votre air... Pardon, pardon. Eh bien ! vous avez la lettre ?

LE COMTE. À la bonne heure sur ce ton, monsieur ; mais je crains qu'on ne soit aux écoutes.

BARTHOLO. Eh ! qui voulez-vous ? Tous mes valets sur les dents[1] ! Rosine enfermée de fureur ! Le diable est entré chez moi. Je vais encore m'assurer... *(Il va ouvrir doucement la porte de Rosine.)*

LE COMTE, *à part.* Je me suis enferré de dépit[2]. Garder la lettre à présent ! Il faudra m'enfuir : autant vaudrait n'être pas venu... La lui montrer ! Si je puis en prévenir Rosine, la montrer est un coup de maître.

BARTHOLO *revient sur la pointe des pieds.* Elle est assise auprès de sa fenêtre, le dos tourné à la porte, occupée à relire une lettre de son cousin l'officier, que j'avais décachetée... Voyons donc la sienne.

LE COMTE *lui remet la lettre de Rosine.* La voici. *(À part.)* C'est ma lettre qu'elle relit.

BARTHOLO *lit.* « Depuis que vous m'avez appris votre nom et votre état. » Ah ! la perfide, c'est bien là sa main.

LE COMTE, *effrayé.* Parlez donc bas à votre tour.

BARTHOLO. Quelle obligation, mon cher !...

LE COMTE. Quand tout sera fini, si vous croyez m'en devoir, vous serez le maître... D'après un travail que fait actuellement Don Bazile avec un homme de loi...

BARTHOLO. Avec un homme de loi, pour mon mariage ?

LE COMTE. Sans doute. Il m'a chargé de vous dire que tout peut être prêt pour demain. Alors, si elle résiste...

BARTHOLO. Elle résistera.

LE COMTE *veut reprendre la lettre, Bartholo la serre.* Voilà l'instant où je puis vous servir ; nous lui montrerons sa

---

1. **Sur les dents :** épuisés.
2. **Je me suis enferré de dépit :** par dépit, je me suis causé du tort à moi-même.

ACTE III - Scène 2

lettre, et, s'il le faut *(plus mystérieusement)*, j'irai jusqu'à lui dire que je la tiens d'une femme à qui le comte l'a sacrifiée ; vous sentez que le trouble, la honte, le dépit, peuvent la porter sur-le-champ...

BARTHOLO, *riant.* De la calomnie ! mon cher ami, je vois bien maintenant que vous venez de la part de Bazile... Mais pour que ceci n'eût pas l'air concerté, ne serait-il pas bon qu'elle vous connût d'avance ?

LE COMTE *réprime un grand mouvement de joie.* C'était assez l'avis de don Bazile. Mais comment faire ? Il est tard... au peu de temps qui reste...

BARTHOLO. Je dirai que vous venez en sa place. Ne lui donnerez-vous pas bien une leçon ?

LE COMTE. Il n'y a rien que je ne fasse pour vous plaire. Mais prenez garde que toutes ces histoires de maîtres supposés sont de vieilles finesses, des moyens de comédie ; si elle va se douter ?...

BARTHOLO. Présenté par moi ? Quelle apparence ?[1] Vous avez plus l'air d'un amant déguisé que d'un ami officieux[2].

LE COMTE. Oui ? Vous croyez donc que mon air peut aider à la tromperie ?

BARTHOLO. Je le donne au plus fin à deviner. Elle est ce soir d'une humeur horrible. Mais quand elle ne ferait que vous voir... Son clavecin est dans ce cabinet. Amusez-vous en l'attendant, je vais faire l'impossible pour l'amener.

LE COMTE. Gardez-vous bien de lui parler de la lettre !

BARTHOLO. Avant l'instant décisif ? Elle perdrait tout son effet. Il ne faut pas me dire deux fois les choses ; il ne faut pas me les dire deux fois. *(Il s'en va.)*

---

1. **Quelle apparence ? :** ce n'est pas vraisemblable.
2. **Officieux :** serviable.

ACTE III - Scène 3

Scène 3 — LE COMTE

LE COMTE, *seul.* Me voilà sauvé. Ouf ! Que ce diable d'homme est rude à manier ! Figaro le connaît bien. Je me voyais mentir ; cela me donnait un air plat et gauche ; et il a des yeux ! ... Ma foi, sans l'inspiration subite de la lettre, il faut l'avouer, j'étais éconduit comme un sot. Ô ciel ! on dispute là-dedans. Si elle allait s'obstiner à ne pas venir ! Écoutons... Elle refuse de sortir de chez elle, et j'ai perdu le fruit de ma ruse. *(Il retourne écouter.)* La voici ; ne nous montrons pas d'abord[1]. *(Il entre dans le cabinet.)*

Scène 4 — LE COMTE, ROSINE, BARTHOLO

ROSINE, *avec une colère simulée.* Tout ce que vous direz est inutile, monsieur. J'ai pris mon parti, je ne veux plus entendre parler de musique.

BARTHOLO. Écoute donc, mon enfant ; c'est le seigneur Alonzo, l'élève et l'ami de don Bazile, choisi par lui pour être un de nos témoins. La musique te calmera, je t'assure.

ROSINE. Oh ! pour cela, vous pouvez vous en détacher[2] ; si je chante ce soir !... Où donc est-il ce maître que vous craignez de renvoyer ? Je vais, en deux mots, lui donner son compte et celui de Bazile. *(Elle aperçoit son amant ; elle fait un cri.)* Ah !...

BARTHOLO. Qu'avez-vous ?

---

1. **Pas d'abord :** pas tout de suite.
2. **Vous en détacher :** y renoncer.

ACTE III - Scène 4

ROSINE, *les deux mains sur son cœur, avec un grand trouble.*
Ah ! mon Dieu, monsieur... Ah ! mon Dieu, monsieur...

BARTHOLO. Elle se trouve encore mal... Seigneur Alonzo ?

ROSINE. Non, je ne me trouve pas mal... mais c'est qu'en me tournant... Ah !

LE COMTE. Le pied vous a tourné, madame ?

ROSINE. Ah ! oui, le pied m'a tourné. Je me suis fait un mal horrible.

LE COMTE. Je m'en suis bien aperçu.

ROSINE, *regardant le Comte.* Le coup m'a porté au cœur.

BARTHOLO. Un siège, un siège. Et pas un fauteuil ici ? *(Il va le chercher.)*

LE COMTE. Ah ! Rosine !

ROSINE. Quelle imprudence !

LE COMTE. J'ai mille choses essentielles à vous dire.

ROSINE. Il ne nous quittera pas.

LE COMTE. Figaro va venir nous aider.

BARTHOLO *apporte un fauteuil.* Tiens, mignonne, assieds-toi. Il n'y a pas d'apparence[1], bachelier, qu'elle prenne de leçon ce soir ; ce sera pour un autre jour. Adieu.

ROSINE, *au Comte.* Non, attendez, ma douleur est un peu apaisée. *(À Bartholo.)* Je sens que j'ai eu tort avec vous, monsieur. Je veux vous imiter en réparant sur-le-champ...

BARTHOLO. Oh ! le bon petit naturel de femme ! Mais après une pareille émotion, mon enfant, je ne souffrirai pas que tu fasses le moindre effort. Adieu, adieu, bachelier.

ROSINE, *au Comte.* Un moment, de grâce ! *(À Bartholo.)* Je croirai, monsieur, que vous n'aimez pas à m'obliger[2] si

---

1. **Il n'y a pas d'apparence que :** il n'y a aucune chance que.
2. **M'obliger :** me faire plaisir.

115

ACTE III - Scène 4

vous m'empêchez de vous prouver mes regrets en prenant ma leçon.

LE COMTE, *à part, à Bartholo.* Ne la contrariez pas, si vous m'en croyez.

BARTHOLO. Voilà qui est fini, mon amoureuse. je suis si loin de chercher à te déplaire, que je veux rester là tout le temps que tu vas étudier.

ROSINE. Non, monsieur : je sais que la musique n'a nul attrait pour vous.

BARTHOLO. Je t'assure que ce soir elle m'enchantera.

ROSINE, *au Comte, à part.* Je suis au supplice.

LE COMTE, *prenant un papier de musique sur le pupitre.* Est-ce là ce que vous voulez chanter, madame ?

ROSINE. Oui, c'est un morceau très agréable de *La Précaution inutile.*

BARTHOLO. Toujours *La Précaution inutile* ?

LE COMTE. C'est ce qu'il y a de plus nouveau aujourd'hui. C'est une image du printemps, d'un genre assez vif. Si madame veut l'essayer...

ROSINE, *regardant le Comte.* Avec grand plaisir : un tableau du printemps me ravit ; c'est la jeunesse de la nature. Au sortir de l'hiver, il semble que le cœur acquière un plus haut degré de sensibilité ; comme un esclave, enfermé depuis longtemps, goûte avec plus de plaisir le charme de la liberté qui vient de lui être offerte.

BARTHOLO, *bas, au Comte.* Toujours des idées romanesques en tête.

LE COMTE, *bas.* En sentez-vous l'application[1] ?

BARTHOLO. Parbleu ! *(Il va s'asseoir dans le fauteuil qu'a occupé Rosine.)*

---

1. **En sentez-vous l'application ?** : voyez-vous à quoi cela peut s'appliquer ?

ACTE III - Scène 4

ROSINE *chante.*[1]

3

Quand, dans la plaine,
L'amour ramène
Le printemps
Si chéri des amants,
Tout reprend l'être,
Son feu pénètre
Dans les fleurs
Et dans les jeunes cœurs.
On voit les troupeaux
Sortir des hameaux ;
Dans tous les coteaux,
Les cris des agneaux
Retentissent ;
Ils bondissent ;
Tout fermente,
Tout augmente ;
Les brebis paissent
Les fleurs qui naissent ;
Les chiens fidèles
Veillent sur elles ;
Mais Lindor, enflammé,

---

1. Cette ariette, dans le goût espagnol, fut chantée le premier jour à Paris, malgré les huées, les rumeurs et le train usités au parterre en ces jours de crise et de combat. La timidité de l'actrice l'a depuis empêchée d'oser la redire, et les jeunes rigoristes du théâtre l'ont fort louée de cette réticence. Mais si la dignité de la Comédie-Française y a gagné quelque chose, il faut convenir que *Le Barbier de Séville* y a beaucoup perdu. C'est pourquoi sur les théâtres où quelque peu de musique ne tirera pas à conséquence, nous invitons tous directeurs à la restituer, tous acteurs à la chanter, tous spectateurs à l'écouter, et tous critiques à nous la pardonner, en faveur du genre de la pièce et du plaisir que leur fera le morceau. (Note de Beaumarchais.)

ACTE III - Scène 4

Ne songe guère
Qu'au bonheur d'être aimé
De sa bergère.

MÊME AIR

Loin de sa mère,
Cette bergère
Va chantant
Où son amant l'attend.
Par cette ruse
L'amour l'abuse ;
Mais chanter
Sauve-t-il du danger ?
Les doux chalumeaux,
Les chants des oiseaux,
Ses charmes naissants,
Ses quinze ou seize ans,
Tout l'excite,
Tout l'agite ;
La pauvrette
S'inquiète.
De sa retraite,
Lindor la guette,
Elle s'avance ;
Lindor s'élance ;
Il vient de l'embrasser :
Elle, bien aise,
Feint de se courroucer
Pour qu'on l'apaise.

PETITE REPRISE

Les soupirs,
Les soins, les promesses,
Les vives tendresses,
Les plaisirs,

ACTE III - Scène 4

Le fin badinage,
Sont mis en usage ;
Et bientôt la bergère
Ne sent plus de colère.
Si quelque jaloux
Trouble un bien si doux,
Nos amants, d'accord,
Ont un soin extrême
De voiler leur transport ;
Mais quand on s'aime,
La gêne ajoute encor
Au plaisir même.

(En l'écoutant, Bartholo s'est assoupi. Le Comte, pendant la petite reprise, se hasarde à prendre une main qu'il couvre de baisers. L'émotion ralentit le chant de Rosine, l'affaiblit, et finit même par lui couper la voix au milieu de la cadence, au mot « extrême ». L'orchestre suit le mouvement de la chanteuse, affaiblit son jeu et se tait avec elle. L'absence du bruit qui avait endormi Bartholo, le réveille. Le Comte se relève, Rosine et l'orchestre reprennent subitement la suite de l'air. Si la petite reprise se répète, le même jeu recommence, etc.)

LE COMTE. En vérité, c'est un morceau charmant, et madame l'exécute avec une intelligence...

ROSINE. Vous me flattez, seigneur ; la gloire est tout entière au maître.

BARTHOLO, *bâillant.* Moi, je crois que j'ai un peu dormi pendant le morceau charmant. J'ai mes malades. Je vas, je viens, je toupille[1], et sitôt que je m'assieds, mes pauvres jambes... *(Il se lève et pousse le fauteuil.)*

ROSINE, *bas, au Comte.* Figaro ne vient point !

LE COMTE. Filons le temps[2].

---

1. **Je toupille :** je tourne comme une toupie.
2. **Filons le temps :** gagnons du temps.

ACTE III - Scène 4

BARTHOLO. Mais, bachelier, je l'ai déjà dit à ce vieux Bazile : est-ce qu'il n'y aurait pas moyen de lui faire étudier des choses plus gaies que toutes ces grandes arias[1], qui vont en haut, en bas, en roulant, hi, ho, a, a, a, a, et qui me semblent autant d'enterrements ? Là, de ces petits airs qu'on chantait dans ma jeunesse, et que chacun retenait facilement. J'en savais autrefois... Par exemple... *(Pendant la ritournelle, il cherche en se grattant la tête et chante en faisant claquer ses pouces et dansant des genoux comme les vieillards.)*

> *Veux-tu, ma Rosinette,*
> *Faire emplette*
> *Du roi des maris ?*

(Au Comte, en riant.) Il y a Fanchonnette dans la chanson ; mais j'y ai subsisté Rosinette, pour la lui rendre plus agréable et la faire cadrer aux circonstances. Ah, ah, ah, ah ! Fort bien ! pas vrai ?

LE COMTE, *riant.* Ah ! ah, ah ! Oui, tout au mieux.

---

[1]. **Aria :** mot italien désignant ici une mélodie avec accompagnement musical réduit.

*Nos amans d'accord
Ont un soin extrême………*

Acte III. Scène IV.

Gravure de Gautier l'Aîné pour l'acte III, scène 4.

ACTE III - Scène 5

Scène 5
FIGARO, *dans le fond* ; ROSINE, BARTHOLO, LE COMTE

BARTHOLO *chante.*

4

Veux-tu, ma Rosinette,
Faire emplette
Du roi des maris ?
Je ne suis point Tircis[1] ;
Mais la nuit, dans l'ombre,
Je vaux encor mon prix ;
Et quand il fait sombre,
Les plus beaux chants sont gris.

(*Il répète la reprise en dansant. Figaro, derrière lui, imite ses mouvements.*)

Je ne suis point Tircis, etc.

(*Apercevant Figaro.*) Ah ! Entrez, monsieur le barbier ; avancez, vous êtes charmant !

FIGARO *salue.* Monsieur, il est vrai que ma mère me l'a dit autrefois ; mais je suis un peu déformé depuis ce temps-là. (*À part, au Comte.*) Bravo, monseigneur ! (*Pendant toute cette scène, le Comte fait ce qu'il peut pour parler à Rosine, mais l'œil inquiet et vigilant du tuteur l'en empêche toujours, ce qui forme un jeu muet de tous les acteurs, étranger au débat du docteur et de Figaro.*)

BARTHOLO. Venez-vous purger encore, saigner, droguer, mettre sur le grabat toute ma maison ?

FIGARO. Monsieur, il n'est pas tous les jours fête ; mais, sans compter les soins quotidiens, monsieur a pu voir

---

[1]. **Tircis :** jeune berger de pastorale aux capacités amoureuses exceptionnelles.

ACTE III - Scène 5

que, lorsqu'ils en ont besoin, mon zèle n'attend pas qu'on lui commande...

BARTHOLO. Votre zèle n'attend pas ! Que direz-vous, monsieur le zélé, à ce malheureux qui bâille et dort tout éveillé ? Et l'autre qui, depuis trois heures, éternue à se faire sauter le crâne et jaillir la cervelle ! que leur direz-vous ?

FIGARO. Ce que je leur dirai ?

BARTHOLO. Oui !

FIGARO. Je leur dirai... Eh, parbleu ! je dirai à celui qui éternue : « Dieu vous bénisse » et : « va te coucher à celui qui bâille. Ce n'est pas cela, monsieur, qui grossira le mémoire.

BARTHOLO. Vraiment non, mais c'est la saignée et les médicaments qui le grossiraient, si je voulais y entendre[1]. Est-ce par zèle aussi que vous avez empaqueté les yeux de ma mule, et votre cataplasme lui rendra-t-il la vue ?

FIGARO. S'il ne lui rend pas la vue, ce n'est pas cela non plus qui l'empêchera d'y voir.

BARTHOLO. Que je le trouve sur le mémoire !... On n'est pas de cette extravagance-là !

FIGARO. Ma foi, Monsieur, les hommes n'ayant guère à choisir qu'entre la sottise et la folie, où je ne vois pas de profit, je veux au moins du plaisir ; et vive la joie ! Qui sait si le monde durera encore trois semaines ?

BARTHOLO. Vous feriez bien mieux, monsieur le raisonneur, de me payer mes cent écus et les intérêts sans lanterner[2], je vous en avertis.

FIGARO. Doutez-vous de ma probité, monsieur ? Vos cent écus ! J'aimerais mieux vous les devoir toute ma vie que de les nier un seul instant.

---

1. **Y entendre :** tomber d'accord sur les termes du mémoire.
2. **Lanterner :** tarder.

ACTE III - Scène 5

BARTHOLO. Et dites-moi un peu comment la petite Figaro a trouvé les bonbons que vous lui avez portés ?

FIGARO. Quels bonbons ? que voulez-vous dire ?

BARTHOLO. Oui, ces bonbons, dans ce cornet fait avec cette feuille de papier à lettre, ce matin.

FIGARO. Diable emporte si...

ROSINE, *l'interrompant.* Avez-vous eu soin au moins de les lui donner de ma part, monsieur Figaro ? Je vous l'avais recommandé.

FIGARO. Ah ! ah ! Les bonbons de ce matin ? Que je suis bête, moi. J'avais perdu tout cela de vue. Oh ! excellents, madame, admirables !

BARTHOLO. Excellents ! admirables ! Oui sans doute, monsieur le barbier, revenez sur vos pas ! Vous faites là un joli métier, monsieur !

FIGARO. Qu'est-ce qu'il a donc, monsieur ?

BARTHOLO. Et qui vous fera une belle réputation, monsieur !

FIGARO. Je la soutiendrai, monsieur !

BARTHOLO. Dites que vous la supporterez, monsieur !

FIGARO. Comme il vous plaira, monsieur !

BARTHOLO. Vous le prenez bien haut, monsieur ! Sachez que quand je dispute[1] avec un fat[2], je ne lui cède jamais.

FIGARO *lui tourne le dos.* Nous différons en cela, monsieur ! Moi je lui cède toujours.

BARTHOLO. Hein ? qu'est-ce qu'il dit donc, bachelier ?

FIGARO. C'est que vous croyez avoir affaire à quelque barbier de village, et qui ne sait manier que le rasoir ? Apprenez, monsieur, que j'ai travaillé de la plume à Madrid et que sans les envieux...

---

1. **Je dispute :** je débats d'une question.
2. **Fat :** personnage impertinent, prétentieux.

ACTE III - Scène 5

BARTHOLO. Eh ! que n'y restiez-vous, sans venir ici changer de profession ?

FIGARO. On fait comme on peut ; mettez-vous à ma place.

BARTHOLO. Me mettre à votre place ! Ah ! parbleu, je dirais de belles sottises !

FIGARO. Monsieur, vous ne commencez pas trop mal ; je m'en rapporte à votre confrère qui est là rêvassant...

LE COMTE, *revenant à lui.* Je... je ne suis pas le confrère de monsieur.

FIGARO. Non ? Vous voyant ici à consulter[1], j'ai pensé que vous poursuiviez le même objet.

BARTHOLO, *en colère.* Enfin, quel sujet vous amène ? Y a-t-il quelque lettre à remettre encore ce soir à madame ? Parlez, faut-il que je me retire ?

FIGARO. Comme vous rudoyez[2] le pauvre monde ! Eh ! parbleu, monsieur, je viens vous raser, voilà tout : n'est-ce pas aujourd'hui votre jour ?

BARTHOLO. Vous reviendrez tantôt[3].

FIGARO. Ah ! oui, revenir ! Toute la garnison prend médecine[4] demain matin ; j'en ai obtenu l'entreprise par mes protections. Jugez donc comme j'ai du temps à perdre ! Monsieur passe-t-il chez lui ?

BARTHOLO. Non, monsieur ne passe point chez lui. Eh mais... qui empêche qu'on ne me rase ici ?

ROSINE, *avec dédain.* Vous êtes honnête[5] ! Et pourquoi pas dans mon appartement ?

BARTHOLO. Tu te fâches ! Pardon, mon enfant, tu vas achever de prendre ta leçon ! C'est pour ne pas perdre un instant le plaisir de t'entendre.

---

1. **Consulter :** délibérer sur un cas médical.
2. **Rudoyez :** malmenez.
3. **Tantôt :** plus tard.
4. **Prend médecine :** prend une purge.
5. **Honnête :** poli, civil.

ACTE III - Scène 5

FIGARO, *bas, au Comte.* On ne le tirera pas d'ici ! *(Haut.)* Allons, L'Éveillé, La Jeunesse ; le bassin, de l'eau, tout ce qu'il faut à monsieur.

BARTHOLO. Sans doute, appelez-les ! Fatigués, harassés, moulus de votre façon[1], n'a-t-il pas fallu les faire coucher ?

FIGARO. Eh bien ! j'irai tout chercher, n'est-ce pas, dans votre chambre ? *(Bas, au Comte.)* Je vais l'attirer dehors.

BARTHOLO *détache son trousseau de clefs, et dit par réflexion :* Non, non j'y vais moi-même. *(Bas, au Comte, en s'en allant.)* Ayez les yeux sur eux, je vous prie.

Scène 6 — FIGARO, LE COMTE, ROSINE

FIGARO. Ah ! que nous l'avons manqué belle[2] ! Il allait me donner le trousseau. La clef de la jalousie n'y est-elle pas ?

ROSINE. C'est la plus neuve de toutes.

Scène 7 — FIGARO, LE COMTE, ROSINE, BARTHOLO, *revenant*

BARTHOLO, *à part.* Bon ! je ne sais ce que je fais de laisser ici ce maudit barbier. *(À Figaro.)* Tenez. *(Il lui donne le trousseau.)* Dans mon cabinet, sous mon bureau ; mais ne touchez à rien.

FIGARO. La peste ! Il y ferait bon[3], méfiant comme vous êtes ! *(À part, en s'en allant.)* Voyez comme le ciel protège l'innocence !

---

1. **De votre façon :** à cause de vos traitements.
2. **Nous l'avons manqué belle :** nous l'avons manqué de peu.
3. **Il y ferait bon :** ce serait une bonne idée (ironique).

Scène 8 BARTHOLO, LE COMTE, ROSINE

BARTHOLO, *bas, au Comte.* C'est le drôle[1] qui a porté la lettre au Comte.

LE COMTE, *bas.* Il m'a l'air d'un fripon.

BARTHOLO. Il ne m'attrapera plus.

LE COMTE. Je crois qu'à cet égard le plus fort est fait.

BARTHOLO. Tout considéré, j'ai pensé qu'il était plus prudent de l'envoyer dans ma chambre que de le laisser avec elle.

LE COMTE. Ils n'auraient pas dit un mot que je n'eusse été en tiers.

ROSINE. Il est bien poli, Messieurs, de parler bas sans cesse ! Et ma leçon ? *(Ici l'on entend un bruit, comme de la vaisselle renversée.)*

BARTHOLO, *criant.* Qu'est-ce que j'entends donc ! Le cruel barbier aura tout laissé tomber dans l'escalier, et les plus belles pièces de mon nécessaire[2] !... *(Il court dehors.)*

---

1. **Drôle :** homme rusé, dont il faut se méfier.
2. **Nécessaire :** ensemble d'ustensiles indispensables (à la toilette, à un ouvrage).

ACTE III - Scène 9

Scène 9 — Le Comte, Rosine

Le Comte. Profitons du moment que l'intelligence[1] de Figaro nous ménage. Accordez-moi, ce soir, je vous en conjure, madame, un moment d'entretien indispensable pour vous soustraire à l'esclavage où vous allez tomber.

Rosine. Ah, Lindor !

Le Comte. Je puis monter à votre jalousie ; et quant à la lettre que j'ai reçue de vous ce matin, je me suis vu forcé...

Scène 10 — Rosine, Bartholo, Figaro, Le Comte

Bartholo. Je ne m'étais pas trompé ; tout est brisé, fracassé.

Figaro. Voyez le grand malheur pour tant de train[2] ! On ne voit goutte sur l'escalier. *(Il montre la clef au comte.)* Moi, en montant, j'ai accroché une clef...

Bartholo. On prend garde à ce qu'on fait. Accrocher une clef ! L'habile homme !

Figaro. Ma foi, monsieur, cherchez-en un plus subtil.

---

1. **Intelligence :** complicité.
2. **Tant de train :** tant d'agitation.

ACTE III - Scène 11

Scène 11   Les Acteurs Précédents, Don Bazile

Rosine, *effrayée, à part.* Don Bazile !...

Le Comte, *à part.* Juste ciel !

Figaro, *à part.* C'est le diable !

Bartholo *va au-devant de lui.* Ah ! Bazile, mon ami, soyez le bien rétabli. Votre accident n'a donc point eu de suites ? En vérité, le seigneur Alonzo m'avait fort effrayé sur votre état ; demandez-lui, je partais pour aller vous voir ; et s'il ne m'avait point retenu...

Bazile, *étonné.* Le seigneur Alonzo ?

Figaro *frappe du pied.* Eh quoi ! toujours des accrocs ? Deux heures pour une méchante barbe... Chienne de pratique !

Bazile, *regardant tout le monde.* Me ferez-vous bien le plaisir de me dire, messieurs ?...

Figaro. Vous lui parlerez quand je serai parti.

Bazile. Mais encore faudrait-il...

Le Comte. Il faudrait vous taire, Bazile. Croyez-vous apprendre à monsieur quelque chose qu'il ignore ? Je lui ai raconté que vous m'aviez chargé de venir donner une leçon de musique à votre place.

Bazile, *plus étonné.* La leçon de musique !... Alonzo !...

Rosine, *à part, à Bazile.* Eh ! taisez-vous.

Bazile. Elle aussi !

Le Comte, *bas, à Bartholo.* Dites-lui donc tout bas que nous en sommes convenus.

Bartholo, *à Bazile, à part.* N'allez pas nous démentir, Bazile, en disant qu'il n'est pas votre élève ; vous gâteriez tout.

Bazile. Ah ! ah !

Bartholo, *haut.* En vérité, Bazile, on n'a pas plus de talent que votre élève.

ACTE III - Scène 11

BAZILE, *stupéfait*. Que mon élève !... *(Bas.)* Je venais pour vous dire que le comte est déménagé.

BARTHOLO, *bas*. Je le sais, taisez-vous.

BAZILE, *bas*. Qui vous l'a dit ?

BARTHOLO, *bas*. Lui, apparemment !

LE COMTE, *bas*. Moi, sans doute : écoutez seulement.

ROSINE, *bas, à Bazile*. Est-il si difficile de vous taire ?

FIGARO, *bas, à Bazile*. Hum ! Grand escogriffe ! Il est sourd !

BAZILE, *à part*. Qui diable est-ce donc qu'on trompe ici ? Tout le monde est dans le secret !

BARTHOLO, *haut*. Eh bien, Bazile, votre homme de loi ?...

FIGARO. Vous avez toute la soirée pour parler de l'homme de loi.

BARTHOLO, *à Bazile*. Un mot ; dites-moi seulement si vous êtes content de l'homme de loi ?

BAZILE, *effaré*. De l'homme de loi ?

LE COMTE, *souriant*. Vous ne l'avez pas vu, l'homme de loi ?

BAZILE, *impatient*. Eh ! non, je ne l'ai pas vu, l'homme de loi.

LE COMTE, *à Bartholo, à part*. Voulez-vous donc qu'il s'explique ici devant elle ? Renvoyez-le.

BARTHOLO, *bas, au Comte*. Vous avez raison. *(À Bazile.)* Mais quel mal vous a donc pris si subitement ?

BAZILE, *en colère*. Je ne vous entends pas.

LE COMTE *lui met, à part, une bourse dans la main*. Oui, monsieur vous demande ce que vous venez faire ici, dans l'état d'indisposition où vous êtes.

FIGARO. Il est pâle comme un mort !

BAZILE. Ah ! je comprends...

LE COMTE. Allez vous coucher, mon cher Bazile : vous n'êtes pas bien, et vous nous faites mourir de frayeur. Allez vous coucher.

ACTE III - Scène 11

FIGARO. Il a la physionomie toute renversée. Allez vous coucher.

BARTHOLO. D'honneur[1], il sent la fièvre d'une lieue. Allez vous coucher.

ROSINE. Pourquoi donc êtes-vous sorti ? On dit que cela se gagne[2]. Allez vous coucher.

BAZILE, *au dernier étonnement.* Que j'aille me coucher !

TOUS LES ACTEURS ENSEMBLE. Eh ! sans doute.

BAZILE, *les regardant tous.* En effet, messieurs, je crois que je ne ferai pas mal de me retirer ; je sens que je ne suis pas ici dans mon assiette ordinaire.

BARTHOLO. À demain, toujours, si vous êtes mieux.

LE COMTE. Bazile ! Je serai chez vous de très bonne heure.

FIGARO. Croyez-moi, tenez-vous bien chaudement dans votre lit.

ROSINE. Bonsoir, Monsieur Bazile.

BAZILE, *à part.* Diable emporte si j'y comprends rien ; et sans cette bourse…

TOUS. Bonsoir, Bazile, bonsoir.

BAZILE, *en s'en allant.* Eh bien ! bonsoir donc, bonsoir.

(Ils l'accompagnent tous en riant.)

---

1. **D'honneur :** sur mon honneur.
2. **Se gagne :** est contagieux.

Bazile : « Je sens que je ne suis pas ici dans mon assiette ordinaire », acte III, scène 11.

ACTE III - Scène 12

Scène 12 Les Acteurs Précédents, excepté Bazile

BARTHOLO, *d'un ton important.* Cet homme-là n'est pas bien du tout.

ROSINE. Il a les yeux égarés.

LE COMTE. Le grand air l'aura saisi.

FIGARO. Avez-vous vu comme il parlait tout seul ? Ce que c'est que de nous ! *(À Bartholo.)* Ah çà, vous décidez-vous, cette fois ? *(Il lui pousse un fauteuil très loin du comte, et lui présente le linge.)*

LE COMTE. Avant de finir, madame, je dois vous dire un mot essentiel au progrès de l'art que j'ai l'honneur de vous enseigner. *(Il s'approche et lui parle bas à l'oreille.)*

BARTHOLO, *à Figaro.* Eh mais ! il semble que vous le fassiez exprès de vous approcher, et de vous mettre devant moi, pour m'empêcher de voir...

LE COMTE, *bas, à Rosine.* Nous avons la clef de la jalousie, et nous serons ici à minuit.

FIGARO *passe le linge au cou de Bartholo.* Quoi voir ? Si c'était une leçon de danse, on vous passerait d'y regarder[1] ; mais du chant... Ahi, ahi !

BARTHOLO. Qu'est-ce que c'est ?

FIGARO. Je ne sais ce qui m'est entré dans l'œil. *(Il rapproche sa tête.)*

BARTHOLO. Ne frottez donc pas.

FIGARO. C'est le gauche. Voudriez-vous me faire le plaisir d'y souffler un peu fort ?

BARTHOLO *prend la tête de Figaro, regarde par-dessus, le pousse violemment et va derrière les amants écouter leur conversation.*

---

1. **On vous passerait d'y regarder :** on vous laisserait regarder.

ACTE III - Scène 12

LE COMTE, *bas, à Rosine.* Et quant à votre lettre, je me suis trouvé tantôt dans un tel embarras pour rester ici...

FIGARO, *de loin, pour avertir.* Hem !... hem !...

LE COMTE. Désolé de voir encore mon déguisement inutile...

BARTHOLO, *passant entre deux.* Votre déguisement inutile !

ROSINE, *effrayée.* Ah !...

BARTHOLO. Fort bien, madame, ne vous gênez pas. Comment ! Sous mes yeux mêmes, en ma présence, on m'ose outrager de la sorte !

LE COMTE. Qu'avez-vous donc, seigneur ?

BARTHOLO. Perfide[1] Alonzo !

LE COMTE. Seigneur Bartholo, si vous avez souvent des lubies comme celle dont le hasard me rend témoin, je ne suis plus étonné de l'éloignement que mademoiselle a pour devenir votre femme.

ROSINE. Sa femme ! Moi ! Passer mes jours auprès d'un vieux jaloux, qui, pour tout bonheur, offre à ma jeunesse un esclavage abominable !

BARTHOLO. Ah ! qu'est-ce que j'entends !

ROSINE. Oui, je le dis tout haut : je donnerai mon cœur et ma main à celui qui pourra m'arracher de cette horrible prison, où ma personne et mon bien sont retenus contre toute justice. *(Rosine sort.)*

---

1. **Perfide** : traître, déloyal.

Gravure de Delannoy d'après Staal, pour l'acte III, scène 12.

ACTE III - Scène 13

Scène 13 — BARTHOLO, FIGARO, LE COMTE

BARTHOLO. La colère me suffoque.

LE COMTE. En effet, seigneur, il est difficile qu'une jeune femme...

FIGARO. Oui, une jeune femme, et un grand âge ; voilà ce qui trouble la tête d'un vieillard.

BARTHOLO. Comment ! lorsque je les prends sur le fait ! Maudit barbier ! il me prend des envies...

FIGARO. Je me retire, il est fou.

LE COMTE. Et moi aussi ; d'honneur, il est fou.

FIGARO. Il est fou, il est fou... *(Ils sortent.)*

Scène 14 — BARTHOLO

BARTHOLO, *seul, les poursuit.* Je suis fou ! Infâmes suborneurs[1] ! Émissaires[2] du diable, dont vous faites ici l'office, et qui puisse[3] vous emporter tous !... Je suis fou !... Je les ai vus comme je vois ce pupitre... et me soutenir effrontément !... Ah ! il n'y a que Bazile qui puisse m'expliquer ceci. Oui, envoyons-le chercher. Holà, quelqu'un !... Ah ! j'oublie que je n'ai personne... Un voisin, le premier venu, n'importe. Il y a de quoi perdre l'esprit ! Il y a de quoi perdre l'esprit ! *(Pendant l'entracte, le théâtre s'obscurcit ; on entend un bruit d'orage, et l'orchestre joue celui[4] qui est gravé dans le recueil de la musique du* Barbier, *n° 5.)*

---

1. **Suborneurs :** qui poussent quelqu'un à faire une mauvaise action.
2. **Émissaires :** envoyés.
3. **Qui puisse :** puisse-t-il (le diable).
4. **Celui :** le bruit, c'est-à-dire ici le morceau.

Clefs d'analyse
Acte III.

Compréhension

L'action
- Observer les étapes de la duperie de Bartholo (scènes 2, 4, 9, 10, 11, 13 et 14).

Le rôle de la musique
- Observer le rôle dramatique joué par la musique (III, 4).

Le maintien du suspens
- Repérer tous les moments où le spectateur tremble pour les personnages, qui rattrapent de justesse une situation périlleuse (III, 4, 5, 11).

Réflexion

Les différentes formes de comique
- Analyser, dans l'intervention du comte (III, 2), les effets de répétition et de variation par rapport à l'acte II.
- Analyser les effets comiques de l'affrontement entre Bartholo et Figaro (III, 7).
- Analyser les différentes formes de comiques (de situation de mots, de gestes) dans la scène de stupéfaction (III, 11).

Un intérêt toujours soutenu
- Expliquer le rôle dramatique de la fin paradoxale de l'acte III.

À retenir :
L'acte III, suite du « nœud » ou déploiement du projet initial, introduit dans la pièce une impression nouvelle : celle de désordre. Elle transparaît dans une action qui semble progresser, mais avec de nombreux accrocs, dans l'accumulation exceptionnelle des procédés comiques les plus divers, dans une fin où les deux « partis » semblent être vaincus, et où le spectateur peut dire, comme Bartholo : « Il y a de quoi perdre l'esprit ! ».

Synthèse Acte III.

Un conflit de générations

Personnages

Un docteur mal en point

En un acte, Bartholo semble devenir un vieillard sénile. Comme si sa méfiance devenait une maladie pernicieuse, elle le pousse à agir contre son intérêt ou favorise les menées de ses adversaires. Obnubilé par la menace que représente le comte, Bartholo accepte en effet les services du faux maître de chant, qui peut ainsi s'approcher de Rosine (scène 2). Pour éviter de laisser celle-ci seule avec Alonzo, il assiste à la leçon de chant, mais s'endort, permettant au comte de courtiser Rosine (scène 4). Se méfiant de Figaro, il l'envoie chercher le nécessaire de rasage, lui donnant l'occasion de subtiliser la clé de la jalousie (scène 10). De crainte d'éveiller les soupçons de Rosine, il s'associe au trio pour convaincre Bazile qu'il doit rentrer chez lui (scène 11). Pour ne pas avoir à s'éloigner de sa pupille, il se fait raser sur place par Figaro, qui détourne son attention pendant que le comte annonce à Rosine sa venue à minuit (scène 12). Certes, la situation se retourne lorsque le docteur surprend le comte en train de parler de son déguisement, mais le comte et Figaro achèvent de le déboussoler en le taxant de folie (scènes 12 et 13). Si bien que, resté seul, Bartholo paraît réellement pris de folie (il répète : « Je suis fou ! » et « Il y a de quoi perdre l'esprit ! ») et que cette maison à peu près vide, en principe garante de l'isolement de Rosine, menace d'enfermer son propriétaire dans la démence.

Langage

Un langage perturbant

Le désordre qui gagne progressivement la scène et le cerveau de Bartholo est orchestré par le langage. Les effets de répétition verbale ou sonore sont particulièrement fréquents : coups

Synthèse Acte III.

répétés à la porte (scène 1), expression « parlez bas » reprise mainte fois et répétition comique de : « Il ne faut pas me dire deux fois les choses ; il ne faut pas me les dire deux fois » (scène 2), série de « Ah ! » et de « Oh ! » de stupéfaction culminant en un triple « Ah ! ah ! ah ! », répétition du motif de « La précaution inutile » (scène 4), accumulation de « Monsieur » (scène 5) … Les apartés se multiplient aussi, modifiant constamment la configuration de l'échange. Les expressions à double entente rendent également l'énonciation complexe, qu'elles échappent au récepteur unique (scène 2, scène 12), à une partie seulement des récepteurs (scène 4, 11) ou à l'émetteur (scène 2). Il arrive souvent, enfin, qu'un personnage interrompe son interlocuteur et finisse la phrase à sa place, en lui donnant un autre sens. Enfin, les marques de stupéfaction sont très fréquentes dans cet acte. La scène 11 exploite avec virtuosité tous ces procédés. Un exemple parmi d'autres : les mêmes expressions sont d'abord reprises par différentes personnes successivement, puis par tous (à l'exception de Bazile) en chœur. Cette scène brillante, qui dépersonnalise Bazile et Bartholo, constitue un tournant décisif dans la pièce.

Société

Jeunes et vieux

Cet acte oppose, comme souvent dans la comédie, les générations. La jeunesse, mobile, jamais à court d'idées et maîtresse de la parole, ou suffisamment habile pour rattraper ses erreurs, se joue non sans cruauté des tares réelles ou supposées de la vieillesse : surdité, somnolence, lenteur d'esprit, mauvaise santé ou folie sénile.

ACTE IV

Scène 1   BARTHOLO, DON BAZILE, *une lanterne de papier à la main. Le théâtre est obscur.*

BARTHOLO. Comment, Bazile, vous ne le connaissez pas ? Ce que vous dites est-il possible ?

BAZILE. Vous m'interrogeriez cent fois, que je vous ferais toujours la même réponse. S'il vous a remis la lettre de Rosine, c'est sans doute un des émissaires du comte. Mais, à la magnificence du présent qu'il m'a fait, il se pourrait que ce fût le comte lui-même.

BARTHOLO. À propos de ce présent, eh ! pourquoi l'avez-vous reçu ?

BAZILE. Vous aviez l'air d'accord ; je n'y entendais[1] rien ; et dans les cas difficiles à juger, une bourse d'or me paraît toujours un argument sans réplique. Et puis, comme dit le proverbe, ce qui est bon à prendre…

BARTHOLO. J'entends, est bon…

BAZILE. À garder[2].

BARTHOLO, *surpris.* Ah ! ah !

BAZILE. Oui, j'ai arrangé comme cela plusieurs petits proverbes avec des variations. Mais, allons au fait : à quoi vous arrêtez-vous ?[3]

BARTHOLO. En ma place, Bazile, ne feriez-vous pas les derniers efforts pour la posséder ?

BAZILE. Ma foi non, docteur. En toute espèce de biens, posséder est peu de chose ; c'est jouir qui rend heureux : mon avis est qu'épouser une femme dont on n'est point aimé, c'est s'exposer…

---

1. **Entendais :** comprenais.
2. **À garder :** si Bazile avait suivi le proverbe, il aurait dû dire « à rendre ».
3. **À quoi vous arrêtez-vous ? :** quelle décision avez-vous prise ?

ACTE IV - Scène 1

BARTHOLO. Vous craindriez les accidents ?

BAZILE. Hé ! hé ! Monsieur… on en voit beaucoup, cette année. Je ne ferais point violence à son cœur.

BARTHOLO. Votre valet[1], Bazile. Il vaut mieux qu'elle pleure de m'avoir, que moi je meure de ne l'avoir pas…

BAZILE. Il y va de la vie ? Épousez, docteur, épousez.

BARTHOLO. Ainsi ferai-je, et cette nuit même.

BAZILE. Adieu donc. Souvenez-vous, en parlant à la pupille, de les rendre tous plus noirs que l'enfer.

BARTHOLO. Vous avez raison.

BAZILE. La calomnie, docteur, la calomnie. Il faut toujours en venir là.

BARTHOLO. Voici la lettre de Rosine, que cet Alonzo m'a remise ; et il m'a montré, sans le vouloir, l'usage que j'en dois faire auprès d'elle.

BAZILE. Adieu : nous serons tous ici à quatre heures.

BARTHOLO. Pourquoi pas plus tôt ?

BAZILE. Impossible : le notaire est retenu.

BARTHOLO. Pour un mariage ?

BAZILE. Oui, chez le barbier Figaro ; c'est sa nièce qu'il marie.

BARTHOLO. Sa nièce ? Il n'en a pas.

BAZILE. Voilà ce qu'ils ont dit au notaire.

BARTHOLO. Ce drôle est du complot, que diable !

BAZILE. Est-ce que vous penseriez ?…

BARTHOLO. Ma foi, ces gens-là sont si alertes ! Tenez, mon ami, je ne suis pas tranquille. Retournez chez le notaire. Qu'il vienne ici sur-le-champ avec vous.

BAZILE. Il pleut, il fait un temps du diable ; mais rien ne m'arrête pour vous servir. Que faites-vous donc ?

---

1. **Votre valet :** formule de politesse employée notamment pour signifier un désaccord.

ACTE IV - Scène 1

BARTHOLO. Je vous reconduis : n'ont-ils pas fait estropier tout mon monde par ce Figaro ! Je suis seul ici.

BAZILE. J'ai ma lanterne.

BARTHOLO. Tenez, Bazile, voilà mon passe-partout ; je vous attends, je veille et vienne qui voudra, hors le notaire et vous, personne n'entrera dans la nuit.

BAZILE. Avec ces précautions, vous êtes sûr de votre fait.

Scène 2 — ROSINE, *seule, sortant de sa chambre.*

Il me semblait avoir entendu parler. Il est minuit sonné ; Lindor ne vient point ! Ce mauvais temps même était propre à le favoriser. Sûr de ne rencontrer personne... Ah ! Lindor ! Si vous m'aviez trompée ! Quel bruit entends-je ?... Dieux ! c'est mon tuteur. Rentrons.

Scène 3 — ROSINE, BARTHOLO

BARTHOLO *rentre avec de la lumière.* Ah ! Rosine, puisque vous n'êtes pas encore rentrée dans votre appartement...

ROSINE. Je vais me retirer.

BARTHOLO. Par le temps affreux qu'il fait, vous ne reposerez pas, et j'ai des choses très pressées à vous dire.

ROSINE. Que me voulez-vous, monsieur ? N'est-ce donc pas assez d'être tourmentée le jour ?

BARTHOLO. Rosine, écoutez-moi.

ROSINE. Demain je vous entendrai.

BARTHOLO. Un moment, de grâce.

ROSINE, *à part.* S'il allait venir !

BARTHOLO *lui montre sa lettre.* Connaissez-vous cette lettre ?

ACTE IV - Scène 3

Rosine *la reconnaît.* Ah ! grands dieux !...

Bartholo. Mon intention, Rosine, n'est point de vous faire de reproches : à votre âge on peut s'égarer ; mais je suis votre ami, écoutez-moi.

Rosine. Je n'en puis plus.

Bartholo. Cette lettre que vous avez écrite au comte Almaviva...

Rosine, *étonnée.* Au comte Almaviva !

Bartholo. Voyez quel homme affreux est ce comte : aussitôt qu'il l'a reçue, il en a fait trophée[1] ; je la tiens d'une femme à qui il l'a sacrifiée.

Rosine. Le comte Almaviva !...

Bartholo. Vous avez peine à vous persuader cette horreur. L'inexpérience, Rosine, rend votre sexe confiant et crédule ; mais apprenez dans quel piège on vous attirait. Cette femme m'a fait donner avis de tout, apparemment pour écarter une rivale aussi dangereuse que vous. J'en frémis ! Le plus abominable complot entre Almaviva, Figaro et cet Alonzo, cet élève supposé de Bazile, qui porte un autre nom et n'est que le vil agent du comte, allait vous entraîner dans un abîme dont rien n'eût pu vous tirer.

Rosine, *accablée.* Quelle horreur !... Quoi ! Lindor !... Quoi ! Ce jeune homme !...

Bartholo, *à part.* Ah ! c'est Lindor.

Rosine. C'est pour le comte Almaviva... C'est pour un autre...

Bartholo. Voilà ce qu'on m'a dit en me remettant votre lettre.

Rosine, *outrée.* Ah ! quelle indignité !... Il en sera puni... – Monsieur, vous avez désiré de m'épouser ?

Bartholo. Tu connais la vivacité de mes sentiments.

Rosine. S'il peut vous en rester encore, je suis à vous.

---

1. **Il en a fait trophée :** il s'en est servi comme d'un signe de victoire.

ACTE IV - Scène 3

45 **BARTHOLO.** Eh bien ! le notaire viendra cette nuit même.

ROSINE. Ce n'est pas tout ; ô ciel ! suis-je assez humiliée !... Apprenez que dans peu le perfide ose entrer par cette jalousie, dont ils ont eu l'art de vous dérober la clef.

BARTHOLO, *regardant au trousseau.* Ah ! les scélérats ! 50 Mon enfant, je ne te quitte plus.

ROSINE, *avec effroi.* Ah ! monsieur, et s'ils sont armés ?

BARTHOLO. Tu as raison ; je perdrais ma vengeance. Monte chez Marceline : enferme-toi chez elle à double tour. Je vais chercher main-forte, et l'attendre auprès de la 55 maison. Arrêté comme voleur, nous aurons le plaisir d'en être à la fois vengés et délivrés ! Et compte que mon amour te dédommagera...

ROSINE, *au désespoir.* Oubliez seulement mon erreur. *(À part.)* Ah, je m'en punis assez !

60 **BARTHOLO,** *s'en allant.* Allons nous embusquer. À la fin je la tiens. *(Il sort.)*

Scène 4 ROSINE

ROSINE, *seule.* Son amour me dédommagera !... Malheureuse !... *(Elle tire son mouchoir, et s'abandonne aux larmes.)* Que faire ?... Il va venir. Je veux rester, et feindre avec lui, pour le contempler un moment dans toute sa noirceur. La 5 bassesse de son procédé sera mon préservatif[1]... Ah ! j'en ai grand besoin. Figure noble ! Air doux ! Une voix si tendre !... Et ce n'est que le vil agent d'un corrupteur ! Ah, malheureuse ! malheureuse !... Ciel ! on ouvre la jalousie ! *(Elle se sauve.)*

---

1. **Préservatif :** antidote (au charme du comte).

ACTE IV - Scène 5

Scène 5
Le Comte, Figaro, enveloppé d'un manteau, paraît à la fenêtre.

Figaro *parle en dehors.* Quelqu'un s'enfuit ; entrerai-je ?

Le Comte, *en dehors.* Un homme ?

Figaro. Non.

Le Comte. C'est Rosine que ta figure[1] atroce aura mise en fuite.

Figaro *saute dans la chambre.* Ma foi, je le crois... Nous voici enfin arrivés, malgré la pluie, la foudre et les éclairs.

Le Comte, *enveloppé d'un long manteau.* Donne-moi la main. *(Il saute à son tour.)* À nous la victoire !

Figaro *jette son manteau.* Nous sommes tout percés[2]. Charmant temps pour aller en bonne fortune[3] ! Monseigneur, comment trouvez-vous cette nuit ?

Le Comte. Superbe pour un amant.

Figaro. Oui, mais pour un confident ?... Et si quelqu'un allait nous surprendre ici ?

Le Comte. N'es-tu pas avec moi ? J'ai bien une autre inquiétude : c'est de la déterminer à quitter sur-le-champ la maison du tuteur.

Figaro. Vous avez pour vous trois passions toutes-puissantes sur le beau sexe : l'amour, la haine, et la crainte.

Le Comte *regarde dans l'obscurité.* Comment lui annoncer brusquement que le notaire l'attend chez toi pour nous unir ? Elle trouvera mon projet bien hardi. Elle va me nommer audacieux.

---

1. **Figure :** silhouette, aspect général.
2. **Percés :** transpercés (par la pluie).
3. **En bonne fortune :** en quête d'aventure amoureuse.

ACTE IV - Scène 5

FIGARO. Si elle vous nomme audacieux, vous l'appellerez cruelle. Les femmes aiment beaucoup qu'on les appelle cruelles. Au surplus, si son amour est tel que vous le désirez, vous lui direz qui vous êtes ; elle ne doutera plus de vos sentiments.

Scène 6 — LE COMTE, ROSINE, FIGARO

Figaro allume toutes les bougies qui sont sur la table.

LE COMTE. La voici. Ma belle Rosine !...

ROSINE, *d'un ton très composé*[1]. Je commençais, monsieur, à craindre que vous ne vinssiez pas.

LE COMTE. Charmante inquiétude !... Mademoiselle, il ne me convient point d'abuser des circonstances pour vous proposer de partager le sort d'un infortuné ; mais, quelque asile que vous choisissiez, je jure mon honneur...

ROSINE. Monsieur, si le don de ma main n'avait pas dû suivre à l'instant celui de mon cœur, vous ne seriez pas ici. Que la nécessité justifie à vos yeux ce que cette entrevue a d'irrégulier !

LE COMTE. Vous, Rosine ! La compagne d'un malheureux ! Sans fortune, sans naissance !...

ROSINE. La naissance, la fortune ! Laissons là les jeux du hasard, et si vous m'assurez que vos intentions sont pures...

LE COMTE, *à ses pieds.* Ah ! Rosine, je vous adore !...

ROSINE, *indignée.* Arrêtez, malheureux !... Vous osez profaner !... Tu m'adores !... Va ! Tu n'es plus dangereux pour moi ; j'attendais ce mot pour te détester. Mais avant de t'abandonner au remords qui t'attend *(en pleurant),* apprends que je t'aimais ; apprends que je faisais mon bonheur de partager ton mauvais sort. Misérable Lindor ! J'allais tout quitter pour

---

1. **Composé :** grave.

ACTE IV - Scène 6

te suivre. Mais le lâche abus que tu as fait de mes bontés, et l'indignité de cet affreux comte Almaviva, à qui tu me vendais, ont fait rentrer dans mes mains ce témoignage de ma faiblesse. Connais-tu cette lettre ?

LE COMTE, *vivement.* Que votre tuteur vous a remise ?

ROSINE, *fièrement.* Oui, je lui en ai l'obligation.

LE COMTE. Dieux, que je suis heureux ! Il la tient de moi. Dans mon embarras, hier, je m'en servis pour arracher sa confiance, et je n'ai pu trouver l'instant de vous en informer. Ah, Rosine ! Il est donc vrai que vous m'aimiez véritablement !...

FIGARO. Monseigneur, vous cherchiez une femme qui vous aimât pour vous-même...

ROSINE. Monseigneur ! Que dit-il ?

LE COMTE, *jetant son large manteau, paraît en habit magnifique.* Ô la plus aimée des femmes ! Il n'est plus temps de vous abuser : l'heureux homme que vous voyez à vos pieds n'est point Lindor ; je suis le comte Almaviva, qui meurt d'amour et vous cherche en vain depuis six mois.

ROSINE *tombe dans les bras du comte.* Ah !...

LE COMTE, *effrayé.* Figaro ?

FIGARO. Point d'inquiétude, monseigneur ; la douce émotion de la joie n'a jamais de suites fâcheuses ; la voilà, la voilà qui reprend ses sens. Morbleu qu'elle est belle !

ROSINE. Ah ! Lindor !... Ah ! monsieur ! Que je suis coupable ! J'allais me donner cette nuit même à mon tuteur.

LE COMTE. Vous, Rosine !

ROSINE. Ne voyez que ma punition ! J'aurais passé ma vie à vous détester. Ah Lindor ! Le plus affreux supplice n'est-il pas de haïr, quand on sent qu'on est faite pour aimer ?

FIGARO *regarde à la fenêtre.* Monseigneur, le retour est fermé ; l'échelle est enlevée.

LE COMTE. Enlevée !

ACTE IV - Scène 6

ROSINE, *troublée*. Oui, c'est moi... c'est le docteur. Voilà le fruit de ma crédulité. Il m'a trompée. J'ai tout avoué, tout trahi : il sait que vous êtes ici, et va venir avec main-forte.

FIGARO *regarde encore*. Monseigneur ! on ouvre la porte de la rue.

ROSINE, *courant dans les bras du comte, avec frayeur.* Ah Lindor !...

LE COMTE, *avec fermeté.* Rosine, vous m'aimez. Je ne crains personne ; et vous serez ma femme. J'aurai donc le plaisir de punir à mon gré l'odieux vieillard !...

ROSINE. Non, non, grâce pour lui, cher Lindor ! Mon cœur est si plein que la vengeance ne peut y trouver place.

Scène 7 — LE NOTAIRE, DON BAZILE, LES ACTEURS PRÉCÉDENTS

FIGARO. Monseigneur, c'est notre notaire.

LE COMTE. Et l'ami Bazile avec lui !

BAZILE. Ah ! qu'est-ce que j'aperçois ?

FIGARO. Eh ! par quel hasard, notre ami...

BAZILE. Par quel accident, messieurs...

LE NOTAIRE. Sont-ce là les futurs conjoints ?

LE COMTE. Oui, monsieur. Vous deviez unir la signora Rosine et moi cette nuit, chez le barbier Figaro ; mais nous avons préféré cette maison, pour des raisons que vous saurez. Avez-vous notre contrat ?

LE NOTAIRE. J'ai donc l'honneur de parler à Son Excellence monsieur le comte Almaviva ?

FIGARO. Précisément.

BAZILE, *à part.* Si c'est pour cela qu'il m'a donné le passe-partout...

LE NOTAIRE. C'est que j'ai deux contrats de mariage, monseigneur ; ne confondons point : voici le vôtre ; et

ACTE IV - Scène 8

c'est ici celui du seigneur Bartholo avec la signora... Rosine aussi. Les demoiselles apparemment sont deux sœurs qui portent le même nom.

LE COMTE. Signons toujours. Don Bazile voudra bien nous servir de second témoin. *(Ils signent.)*

BAZILE. Mais, Votre Excellence..., je ne comprends pas...

LE COMTE. Mon maître Bazile, un rien vous embarrasse, et tout vous étonne.

BAZILE. Monseigneur... Mais si le docteur...

LE COMTE, *lui jetant une bourse.* Vous faites l'enfant ! Signez donc vite.

BAZILE, *étonné.* Ah ! ah !...

FIGARO. Où donc est la difficulté de signer ?

BAZILE, *pesant la bourse.* Il n'y en a plus ; mais c'est que moi, quand j'ai donné ma parole une fois, il faut des motifs d'un grand poids... *(Il signe.)*

Scène 8
BARTHOLO, UN ALCADE[1], DES ALGUAZILS[2], DES VALETS *avec des flambeaux,* et LES ACTEURS PRÉCÉDENTS

BARTHOLO *voit le comte baiser la main de Rosine, et Figaro qui embrasse grotesquement don Bazile ; il crie en prenant le notaire à la gorge :* Rosine avec ces fripons ! Arrêtez tout le monde. J'en tiens un au collet.

LE NOTAIRE. C'est votre notaire.

BAZILE. C'est votre notaire. Vous moquez-vous ?

BARTHOLO. Ah ! don Bazile ! eh ! comment êtes-vous ici ?

---

1. **Alcade :** juge de paix espagnol.
2. **Alguazils :** officiers de police.

ACTE IV - Scène 8

BAZILE. Mais plutôt vous, comment n'y êtes-vous pas ?

L'ALCADE, *montrant Figaro.* Un moment ; je connais celui-ci. Que viens-tu faire en cette maison, à des heures indues ?

FIGARO. Heure indue ? Monsieur voit bien qu'il est aussi près du matin que du soir. D'ailleurs, je suis de la compagnie de Son Excellence monseigneur le comte Almaviva.

BARTHOLO. Almaviva !

L'ALCADE. Ce ne sont donc pas des voleurs ?

BARTHOLO. Laissons cela. Partout ailleurs, monsieur le comte, je suis le serviteur de Votre Excellence ; mais vous sentez que la supériorité du rang est ici sans force. Ayez, s'il vous plaît, la bonté de vous retirer.

LE COMTE. Oui, le rang doit être ici sans force ; mais ce qui en a beaucoup, est la préférence que mademoiselle vient de m'accorder sur vous, en se donnant à moi volontairement.

BARTHOLO. Que dit-il, Rosine ?

ROSINE. Il dit vrai. D'où naît votre étonnement ? Ne devais-je pas cette nuit même être vengée d'un trompeur ? Je le suis.

BAZILE. Quand je vous disais que c'était le comte lui-même, docteur !

BARTHOLO. Que m'importe à moi ? Plaisant mariage ! Où sont les témoins ?

LE NOTAIRE. Il n'y manque rien. Je suis assisté de ces deux messieurs.

BARTHOLO. Comment, Bazile ! Vous avez signé ?

BAZILE. Que voulez-vous ! Ce diable d'homme a toujours ses poches pleines d'arguments irrésistibles.

BARTHOLO. Je me moque de ses arguments. J'userai de mon autorité.

LE COMTE. Vous l'avez perdue en en abusant.

BARTHOLO. La demoiselle est mineure.

ACTE IV - Scène 8

FIGARO. Elle vient de s'émanciper[1].

BARTHOLO. Qui te parle à toi, maître fripon ?

LE COMTE. Mademoiselle est noble et belle ; je suis homme de qualité, jeune et riche ; elle est ma femme ; à ce titre qui nous honore également, prétend-on me la disputer ?

BARTHOLO. Jamais on ne l'ôtera de mes mains.

LE COMTE. Elle n'est plus en votre pouvoir. Je la mets sous l'autorité des lois ; et monsieur, que vous avez amené vous-même, la protégera contre la violence que vous voulez lui faire. Les vrais magistrats sont les soutiens de tous ceux qu'on opprime.

L'ALCADE. Certainement. Et cette inutile résistance au plus honorable mariage indique assez sa frayeur sur la mauvaise administration des biens de sa pupille, dont il faudra qu'il rende compte.

LE COMTE. Ah ! qu'il consente à tout, et je ne lui demande rien.

FIGARO. Que la quittance de mes cent écus : ne perdons pas la tête.

BARTHOLO, *irrité.* Ils étaient tous contre moi ; je me suis fourré la tête dans un guêpier !

BAZILE. Quel guêpier ? Ne pouvant avoir la femme, calculez, docteur, que l'argent vous reste ; et...

BARTHOLO. Eh ! laissez-moi donc en repos, Bazile ! Vous ne songez qu'à l'argent. Je me soucie bien de l'argent, moi ! À la bonne heure, je le garde ; mais croyez-vous que ce soit le motif qui me détermine ? *(Il signe.)*

FIGARO, *riant.* Ah, ah, ah, monseigneur ! ils sont de la même famille.

LE NOTAIRE. Mais, messieurs, je n'y comprends plus rien. Est-ce qu'elles ne sont pas deux demoiselles qui portent le même nom ?

---

1. **S'émanciper :** sortir de sa tutelle (en se mariant).

ACTE IV - Scène 8

FIGARO. Non, monsieur, elles ne sont qu'une.

BARTHOLO, *se désolant.* Et moi qui leur ai enlevé l'échelle, pour que le mariage fût plus sûr ! Ah ! je me suis perdu faute de soins.

FIGARO. Faute de sens[1]. Mais soyons vrais, docteur ; quand la jeunesse et l'amour sont d'accord pour tromper un vieillard, tout ce qu'il fait pour l'empêcher peut bien s'appeler à bon droit *La Précaution inutile*.

---

1. **Sens :** bon sens.

Clefs d'analyse
Acte IV.

Compréhension

Une situation en suspens
- Repérer les délibérations freinant l'action (IV, 1, 2, 4 et 5).

Un personnage dans tous ses états
- Observer les marques des registres pathétique et lyrique dominants dans les répliques de Rosine (IV, 2, 3, 4 et 6).

Un dénouement de farce
- Observer les aspects comiques de Bazile, de Bartholo et du notaire dans les coups de théâtre successifs (IV, 7 et 8).

Réflexion

Une satire
- Analyser les éléments qui relèvent de la satire (rapport à l'argent et aux lois sociales, IV, 7, 8).

Une leçon morale et théâtrale
- Analyser et interpréter le double rôle de Figaro, valet de comédie classique et double de Beaumarchais.

À retenir :

En bonne règle, un dénouement de comédie doit être heureux et apporter la résolution de tous les conflits, en réglant de manière rapide et complète le sort des personnages. C'est ce que nous propose le dernier acte, où le projet initial de Figaro (« fourvoyer l'intrigue » et « renverser tous les obstacles ») se réalise, soit grâce à sa ruse, soit du fait du hasard : l'amour sort vainqueur, Bartholo est défait, et les personnages secondaires tirent leur épingle du jeu.

La pièce remplit également sa fonction de comédie : par l'art de la satire, elle souligne les défauts humains et sociaux à travers le rire. Mais Beaumarchais se joue des règles de la comédie classique tout en les repetant : il ménage des effets de la distraction et nous fait signe directement à travers Figaro, sa double.

Synthèse Acte IV.

Une comédie où affleure le drame

Personnages

Des héros humains et un barbier à tout faire

Comédie d'intrigues riche en péripéties, *Le Barbier de Séville* est aussi une comédie de caractères, où affleure par moments le drame.

Ainsi, l'acte IV comporte de nombreuses péripéties, à la faveur desquelles trois personnages dévoilent de nouvelles facettes de leur caractère.

Rosine est un véritable personnage de drame. Elle est successivement accablée, indignée, effrayée puis désespérée, lorsqu'elle apprend de Bartholo les supposées manœuvres du comte Almaviva (scènes 3 et 4). À la scène 6, faussement sereine d'abord, elle s'emporte bientôt contre Lindor, avant de fondre en larmes et de s'évanouir ensuite d'émotion quand elle comprend que son amant est sincère. Elle se sent aussi coupable à l'idée de l'avoir trahi, apeurée lorsque quelqu'un entre, et enfin compatissante vis-à-vis de Bartholo (scène 6).

Le personnage du comte fait aussi preuve d'une sensibilité caractéristique des personnages de drame. Il témoigne de sa crainte amoureuse à Figaro (scène 5), prend peur lorsque Rosine s'évanouit, s'inquiète un instant en apprenant que l'échelle a été ôtée, avant de retrouver toute son assurance (scène 6) et sa magnanimité avec Bartholo (scène 7).

Même le personnage de Bartholo acquiert une forme d'humanité. Lui, dont la détermination ne faiblit pas pendant tout l'acte, révèle son désarroi et son amour à la dernière scène, au moment où il comprend qu'il a perdu Rosine.

Quant à Figaro, le quatrième et dernier acte le montre une fois de plus dans sa double fonction, celle du valet zélé confident du comte, à qui il explique les arcanes du tempérament féminin (scènes 5 et 6), et celle du commentateur, maître de cérémonie et auteur, qui clôt la pièce sur une sentence.

Synthèse Acte IV.

Langage

Le langage des sentiments et de la satire

Sous le coup d'émotions contradictoires, Rosine utilise un lexique à forte charge émotive, recourt souvent à l'exclamation, au langage soutenu et aux hyperboles (scènes 2, 3, 4 et 6) : c'est le registre pathétique propre au drame. Le comte s'adresse à Rosine en des termes amoureux, louangeurs, hyperboliques, caractéristiques du registre lyrique (scène 6). Quant au discours de Bartholo (fin de la scène 8), émaillé de phrases exclamatives et interrogatives, il relève du registre pathétique.

Mais la satire n'est pas absente de ce dernier acte : le comte tient sur les magistrats des propos à double entente, vu les déboires de Beaumarchais avec la justice (« Les vrais magistrats sont les soutiens de tous ceux qu'on opprime »), et l'avarice et le cynisme de Bazile sont plusieurs fois soulignés de façon ironique (scène 1 : « Que voulez-vous ? Ce diable d'homme a toujours ses poches pleines d'arguments irrésistibles. » / « Quel guêpier ? Ne pouvant avoir la femme, calculez, docteur, que l'argent vous reste [...] », scène 8).

Comédie d'intrigues et de caractères, comme on l'a vu précédemment, Le Barbier de Séville est aussi une comédie de mœurs, qui frise par instants la farce dans son ironie satirique et ses effets de distanciation.

Société

Rang social et argent

Le quatrième acte est celui du retour à l'ordre. Ordre social qui veut que les gens de la noblesse s'apparient. Ordre sentimental qui veut que les amoureux soient unis. Ordre moral qui veut que les gens tyranniques et malhonnêtes, comme Bartholo, soient punis. L'amour, la jeunesse et la noblesse triomphent donc, comme il est de règle en comédie, laissant magnanimement au bourgeois Bartholo son argent mal acquis, et à Figaro, valet pragmatique et encore bien peu révolutionnaire, la quittance de ses dettes.

POUR APPROFONDIR

Genre, action, personnages

Genre et registres

Le Barbier de Séville : une synthèse des genres comiques

Beaumarchais n'est pas venu au théâtre avec *Le Barbier de Séville*. Auparavant, il avait écrit des parades, des drames et même un opéra-comique. Ces multiples expériences littéraires témoignent de l'audace de cet homme pour qui tous les moyens de plaire étaient bons. Elles permettent en même temps de comprendre ce que la comédie du *Barbier* doit aux autres formes théâtrales.

La parade

C'est un genre d'origine populaire, né dans les foires, et qui commence à attirer l'attention au début du XVIIIe siècle. Installés sur une mezzanine ou une estrade, à l'extérieur des loges foraines ou des scènes de théâtre, un nombre réduit d'acteurs aux rôles stéréotypés et très proches de la farce ou de la *commedia dell'arte*, improvisaient sur un canevas des plus simples, avec force mimiques, jeux de mots, plaisanteries grivoises et clins d'œil à l'assistance. Appréciés du peuple et des bourgeois, ces spectacles attiraient aussi un public aristocratique en quête de franche gaieté, et d'une liberté de ton inimaginable à la Comédie-Française.

Certains grands seigneurs s'en étaient tellement entichés qu'ils en commandèrent à des dramaturges professionnels pour leurs divertissements privés. Toujours aussi gaies et hardies, ces parades s'affinèrent cependant en renonçant à l'improvisation et aux propos obscènes. Beaumarchais écrivit quatre parades (*Les Bottes de sept lieues*, *Léandre marchand d'agnus, médecin et bouquetière*, *Jean-Bête à la foire* et *Zirzabelle mannequin*), sans compter d'autres pièces de genres voisins

Genre, action, personnages

(*Colin et Colette*, *Les Députés de la halle et du Gros-Caillou* et *Le Sacristain*). Il en gardera le goût des plaisanteries, du jeu verbal (le comte à Bartholo, II, 12) et d'une écriture volontiers distanciée (Bartholo à Rosine, I, 3 ; le comte à Bartholo, III, 2).

La comédie

Mais si *Le Barbier de Séville* est représentée dès le début à la Comédie-Française, c'est parce que la pièce s'inscrit essentiellement dans la tradition toujours vivace de la comédie moliéresque. Et, de fait, non seulement Beaumarchais se réclame ouvertement de Molière dans la « Lettre modérée », mais il s'inspire directement de l'intrigue de *L'École des femmes* (un vieillard se fait souffler par un jeune homme sa pupille, dont il voulait faire sa femme). Il s'efforce aussi, comme Molière, de réunir dans la même comédie l'usage fantaisiste de la langue qu'on rencontre dans la farce (utilisation abusive du latin, II, 8), les scènes de théâtre dans le théâtre (déguisements du comte à l'acte II et à l'acte III), les effets de surprise (III, 4) et la fièvre amoureuse (le comte amoureux, I, 4 ; duo amoureux, IV, 7) de la comédie d'intrigue, le réalisme psychologique et social (intérêt pour l'argent du barbier et de Bazile, vraie tristesse de Bartholo, triomphe de la noblesse, IV, 8) de la comédie de caractères ou de la comédie de mœurs et la tonalité satirique de cette dernière (réplique de Figaro, I, 2 ; Bartholo réactionnaire, I, 3). Il retient enfin, après des dramaturges tels que Destouches, Nivelle de La Chaussée ou Marivaux, la visée morale de la grande comédie moliéresque : atteindre une « vérité humaine », pour s'intéresser à la complexité des relations entre les individus (relations Bartholo-Rosine, II, 4 et II, 15 ; IV, 3) et à l'inégalité des conditions (I, 2).

L'opéra-comique

On sait peu de choses du *Barbier de Séville*-opéra-comique que Beaumarchais proposa en 1772 au Théâtre-Italien, sinon qu'il était orné d'airs espagnols et italiens. On connaît en revanche

Genre, action, personnages

l'enthousiasme que suscitèrent auprès du public de la seconde moitié du XVIIIe siècle ces comédies avec chansons nées au même moment que les parades sur les tréteaux de la Foire à Paris. Cette expérience tourna court, mais elle laissa néanmoins des traces, si l'on en juge par la place importante qu'occupent le chant et la musique dans la pièce : les quatre personnages principaux y vont de leur tour de chant, et la chanson « La Précaution inutile », évoquée d'abord à deux reprises (I, 3 et 4) puis chantée (III, 4), revient encore, tel un refrain, à la fin la pièce...

Le drame

À partir des années 1760-1770, un autre genre est à la mode. Théorisé par Diderot dans ses *Entretiens sur le Fils naturel* (1757), le drame entend représenter, non plus des caractères, mais des « conditions », c'est-à-dire des situations familiales et sociales susceptibles d'inspirer au spectateur un idéal moral. Un mélange de gaieté et de gravité, des « tableaux » vivants, des scènes pathétiques, sont les ingrédients principaux de ce nouveau genre « sérieux » et sentimental.

Beaumarchais écrivit deux drames (*Eugénie*, 1767 ; *Les Deux Amis*, 1770) et un texte théorique, l'*Essai sur le genre dramatique sérieux* (1767). C'est sans doute l'insuccès des *Deux Amis* qui poussa Beaumarchais à abandonner provisoirement le drame pour la comédie. Reste que les idées développées dans son essai s'appliquent aussi bien aux deux genres – ainsi d'ailleurs qu'au roman tel qu'il est pratiqué à l'époque. Ses comédies comme ses drames, en effet, visent l'efficacité morale, entendent provoquer l'« intérêt » des spectateurs – c'est-à-dire à la fois de la sympathie pour les personnages et de l'inquiétude par rapport à l'issue de l'intrigue – et leur présentent à cette fin des héros proches d'eux (Figaro est un homme du peuple, Bartholo est un bourgeois, Rosine est de petite noblesse, à l'image de leur public) et des sujets touchants (aléas de la vie de Figaro ; Rosine, victime d'un barbon abusif).

Genre, action, personnages

Les registres

Le registre dominant du *Barbier de Séville* est le registre comique – comique de mots, de gestes, de situation –, mais on trouve aussi le registre satirique dans les attaques de Figaro contre le monde des lettres (I, 2), le registre lyrique dans les dialogues amoureux (II, 4 ; IV,6), le registre polémique dans les affrontements entre Bartholo et Rosine (II, 4 et 15) et le registre pathétique dans la bouche de Rosine inquiète (IV, 4) ou coupable (IV, 6).

L'action

Une comédie à peu près dans les règles

L'intrigue du *Barbier de Séville*, telle que Beaumarchais la présente dans sa « Lettre modérée » est celle-ci : « Un vieillard amoureux prétend épouser demain sa pupille, un jeune amant plus adroit le prévient, et ce jour même en fait sa femme, à la barbe et dans la maison du tuteur. » Elle est donc simple (un but unique : celui d'Almaviva, qui veut épouser Rosine ; un obstacle unique : Bartholo) et répond à l'exigence classique d'unité d'action. Elle se situe, comme il était d'usage à l'époque préclassique, dans un lieu général unique (la ville), mais comprenant deux lieux particuliers et contigus (la rue/les appartements de Rosine dans la maison de Bartholo). Si la durée de l'action est d'une journée, conformément à la règle classique, elle se distribue en quatre actes, ce qui est inhabituel pour ce type de grande comédie, et quarante-cinq scènes, nombre particulièrement élevé et significatif des principes dramaturgiques à l'œuvre dans la pièce.

Intérêt et tension dramatique

Le but essentiel du théâtre de Beaumarchais est en effet de susciter le plus possible l'« intérêt » en donnant au spectateur de multiples « sujets d'inquiétude » avant de « l'en sortir d'une

Genre, action, personnages

manière inattendue ». *Le Barbier de Séville* est la pièce de Beaumarchais qui répond le mieux à cette visée, tant il est vrai que l'identité de ses personnages se dévoile essentiellement dans l'action. L'acte I, traditionnellement dévolu à l'**exposition** (présentation de la situation et des principaux personnages), réserve en effet une large part à l'**action** et le **dénouement** intervient tardivement (scènes 6 et 8 de l'acte IV).

Une action savamment orchestrée

C'est à une action mouvementée, aux rythmes et aux registres variés, qu'est consacré l'essentiel de la pièce.

L'**acte I** est en effet relativement bref (6 scènes) et enlevé, rondement mené par Figaro et Almaviva principalement.

L'**acte II**, beaucoup plus long (15 scènes), est dominé par les trois rudes confrontations entre Bartholo et Rosine (scènes 4, 11 et 15), entre lesquelles prennent place des épisodes tantôt teintés de tendresse et d'émotion légère (scènes 1, 2, 3), tantôt burlesques (scènes 6 et 7 avec les valets ; scènes 12, 13 et 14 avec Almaviva déguisé en soldat).

L'**acte III**, long également (14 scènes) et marqué par de nombreux revirements de situation, s'organise en deux séries de scènes : la première série, ludique et amoureuse, met en scène la leçon de chant et la scène de rasage et s'achève sur la scène 11 dite « de stupéfaction » ; la seconde série, dramatique, part de la scène 12, où Bartholo surprend Almaviva et Rosine, pour finir à la scène 14, avec un Bartholo complètement désorienté.

L'**acte IV**, enfin, est d'une longueur à peine supérieure au premier (8 scènes). On y voit se succéder rapidement les situations et les péripéties, dans des registres divers, allant jusqu'au pathétique, avant d'aboutir à l'heureux dénouement.

Genre, action, personnages

Des temps et des espaces contrastés

On notera aussi que le temps de la pièce ne semble pas linéaire. Tantôt il paraît se dilater agréablement pendant les pauses que constituent les chansons de Figaro (I, 2), du comte (I,6) et de Rosine (III, 4), tantôt on a l'impression de le voir s'accélérer brusquement, chaque fois que Bartholo décide de presser son mariage (I, 5 ; II, 8 ; IV, 3), ou lorsque la nuit tombe et envahit même la maison de Bartholo.

La pièce joue aussi sur un système d'oppositions fortes entre les différents espaces : l'extérieur – la rue – se présente, au premier acte, comme le lieu des rencontres et de la liberté, tandis que l'intérieur – les appartements de Rosine, situés au premier étage, et recevant à peine la lumière du jour, ou même plongés dans l'obscurité la nuit venue – apparaît dans les trois actes suivants comme un lieu de réclusion et d'abus de pouvoir, jusqu'au moment où une autre loi que celle de Bartholo peut y entrer et s'y exercer.

Outre ces deux espaces fortement opposés, quelques espaces intermédiaires, tels le balcon, le cabinet de musique ou les escaliers, qui échappent en partie à l'attention du vieux docteur et permettent de voir, d'entendre ou d'agir à son insu, laissent espérer à intervalles réguliers que l'emprisonnement de Rosine aura une fin. Plusieurs accessoires jouent aussi le rôle d'intermédiaires entre l'intérieur et l'extérieur : les clefs et l'échelle, bien sûr, mais aussi les lettres.

Ainsi le spectateur, sollicité à la fois par des systèmes d'opposition forts (lieux, personnages), par une action mouvementée et par un rythme irrégulier, a-t-il tout loisir de passer de l'inquiétude à l'espoir, sans jamais s'ennuyer.

Genre, action, personnages

Les personnages

Les principaux personnages du *Barbier de Séville* correspondent d'emblée à des figures connues de la comédie : jeune premier (Almaviva), jeune première (Rosine), barbon (Bartholo), valet rusé (Figaro). Mais leurs paroles et leurs actes ont tôt fait de les faire échapper aux conventions théâtrales.

Ces personnages se répartissent en deux camps : celui des héros – le comte Almaviva, Figaro et Rosine ; celui des ennemis – Bartholo et son acolyte Don Bazile. Les autres personnages (L'Éveillé, La Jeunesse, l'alcade, le notaire et les alguazils) jouent un rôle mineur dans la bataille.

Le héros grand seigneur : le comte Almaviva

Un grand seigneur amoureux. Le personnage du comte correspond au type traditionnel du jeune premier amoureux. Présenté dans la liste des personnages comme un grand seigneur (« grand d'Espagne »), paré d'un costume somptueux (« veste et culotte de satin », avec un « riche manteau ») lorsqu'il n'est pas déguisé, c'est le seul personnage qui bénéficie d'un nom propre (sans compter le nom de Lindor – lin d'or –, sous lequel il se fait connaître de Rosine, et celui d'Alonzo sous lequel il se présente en bachelier chez Bartholo) et d'un titre de haute noblesse, ce qui le surclasse définitivement par rapport à tous les autres personnages.

Une force agissante. « Amant inconnu de Rosine », il est une des principales forces agissantes de la pièce, à la fois l'initiateur de l'entreprise de conquête amoureuse et l'un de ses principaux acteurs. Son goût pour le déguisement s'inscrit dans l'héritage de la tradition comique française (Molière et Marivaux), qui en fait un moteur important de l'action, tout en suggérant discrètement l'inconstance, liée selon l'esthétique baroque espagnole à la métamorphose. Héros positif, il ne laisse en effet qu'entrevoir sa part d'ombre en se présentant

Genre, action, personnages

comme un ancien libertin repenti (acte I, scène 1), versant donjuanesque du personnage qui s'affirmera seulement dans la pièce suivante : *Le Mariage de Figaro*. Le moteur de son action est ici un désir désintéressé : il abandonne les questions d'argent aux personnages de couches sociales inférieures et fait en sorte d'être aimé pour lui-même.

Un hommage à la fougue et à l'ingéniosité amoureuses.
L'aisance et la souplesse caractérisent le langage et les attitudes de ce personnage d'aristocrate. S'il s'adresse tout d'abord de façon hautaine à Figaro (I, 2), s'il ne semble pas douter des droits que lui donne sa position d'« homme de qualité, jeune et riche » (IV, 8), il accueille avec bonhomie les moqueries de son ancien valet (I, 4), pour lequel il éprouve une sympathie non feinte, et à qui il va jusqu'à confier ses inquiétudes (IV, 5). Son insolence vis-à-vis de Bartholo (II, 13), la facilité avec laquelle il adopte le parler et le comique troupiers (II, 13), puis l'onction du bachelier Alonzo (III, 2), la cour assidue et parfois hardie qu'il fait à Rosine (III, 4), sa capacité à se tirer de situations délicates (III, 11), sa magnanimité, enfin, vis-à-vis de Bartholo à la fin de la pièce (« Ah ! qu'il consente à tout, et je ne lui demande rien », IV, 8), tout cela compose un héros sûr de son rang et de ses talents, mais aussi doué d'humour et de sensibilité. À travers lui, Beaumarchais rend hommage à la fougue et à l'ingéniosité amoureuses, en n'égratignant que très légèrement l'aristocratie.

Le héros plébéien : Figaro

Un personnage de roman. Le nom de Figaro semble être une invention de Beaumarchais. On l'a non sans raison rapproché de « fils Caron » (signature du jeune Beaumarchais) et du terme *« picaro »*, qui désigne ce héros de roman espagnol, très populaire en France au XVIIIe siècle, enfant du peuple désireux d'améliorer sa condition et confronté à de multiples aventures au sein d'une société sur laquelle il porte un regard violemment critique. On a aussi extrait de ce nom le mot « figue » (Figaro s'appela

Genre, action, personnages

« Figuaro » dans des versions antérieures de la pièce), « faire la figue à quelqu'un » équivalant à « lui faire la barbe, se moquer de lui ». Tous ces rapprochements concourent à faire de Figaro un valet de comédie insolite. Beaumarchais l'habille d'ailleurs en homme du peuple élégant (« en habit de majo espagnol »), et nous le présente comme un ancien valet du comte (I, 2), mais aussi comme un homme de lettres raté reconverti en barbier, et faisant l'apothicaire ou le chirurgien à l'occasion. Autant dire un individu ayant une histoire qui dépasse celle de la pièce, un personnage doté d'une « épaisseur » toute romanesque.

Le « machinateur » de l'intrigue. Ainsi ce « drôle de garçon insouciant », gai et brillant comme son costume (« boutons et boutonnières frangés d'argent », « jarretières nouées avec des glands »), devient le héros plébéien de la pièce, double du héros grand seigneur qu'est le comte. Car, outre le sens de l'intrigue hérité des valets traditionnels, il jouit, grâce à sa relative indépendance sociale (il ne se remet au service du comte que pour l'aider, et il n'appartient pas à la domesticité de Bartholo), d'une grande liberté d'action. Mais on peut noter qu'il n'a pas encore de véritable intériorité, et joue essentiellement un rôle d'auxiliaire efficace, à la différence du personnage plus complexe et plus impliqué qu'il incarnera dans *Le Mariage de Figaro*.

Un autre Beaumarchais. Figaro n'est d'ailleurs pas, dans *Le Barbier de Séville,* une figure de révolutionnaire avant la lettre. En campant un personnage d'hédoniste, amateur de vin, de chansons et de sentences populaires, il incarne plutôt le bon sens du peuple et une aspiration nouvelle, et très *« middle class »,* au bonheur et à une relative liberté. Habile et insolent, brillant dans ses reparties, il critique, certes, les travers de la noblesse, mais aussi ceux de la bourgeoisie racornie que représente Bartholo, et ses pointes sont surtout un clin d'œil destiné à attirer les rires et la sympathie immédiate de la petite noblesse et de la bourgeoisie qui constituent son public.

Genre, action, personnages

Figaro apparaît ainsi comme un autre Beaumarchais. Critique vis-à-vis de la société qui l'a malmené, il reste néanmoins confiant dans l'avenir, persuadé que l'on peut mener à bien toutes sortes d'intrigues, que le talent n'est pas l'apanage de la noblesse et que l'on peut gagner son bonheur grâce à son mérite personnel.

L'héroïne : Rosine

Une fausse ingénue. Le nom de Rosine est sans doute un mélange de noms chers à Beaumarchais pour diverses raisons. Sa fraîcheur en tout cas s'accorde bien avec le personnage de jeune première qui le porte. Mais la Rosine du *Barbier de Séville* ne se coule pas tout à fait dans le moule de l'ingénue de comédie. Plus rusée, moins naïve, elle est douée d'une ironie et d'un mordant remarquables, tout en gardant une spontanéité qui manque plusieurs fois de faire échouer les plans du comte et de Figaro.

***Le Barbier de Séville* ou *La Nouvelle École des femmes*.** Rosine prend une part active à l'intrigue, revendiquant sa liberté face à son tyran de tuteur, s'opposant à lui de façon directe et violente, jouant la comédie et organisant la tromperie autant qu'il le faut. Femme de caractère, elle retrouve néanmoins à la fin de la pièce une place plus modeste, plus traditionnellement féminine, celle de la jeune fille crédule (« Voilà le fruit de ma crédulité. J'ai tout avoué, tout trahi ») et pleine de mansuétude (« Non, non, grâce pour lui [Bartholo], cher Lindor ! Mon cœur est si plein que la vengeance ne peut y trouver place », acte IV, scène 6).

Un personnage composite. À l'inverse du comte et de Figaro qui se partagent le rôle de héros masculin, Rosine, unique figure féminine de la pièce, concentre en un seul personnage la fraîcheur, la vulnérabilité de l'ingénue et le franc parler de la servante rusée. Elle se rapproche aussi des héroïnes de drame par ses accents pathétiques. C'est sans doute le personnage le

Genre, action, personnages

plus composite de la pièce, qui ne donnera toute sa mesure que dans *Le Mariage de Figaro*.

L'ennemi : Bartholo

Un personnage de barbon. Le personnage de Bartholo, « habit noir, court, boutonné » et « ceinture noire », s'inspire à la fois des docteurs grotesques de la *commedia dell'arte* ou des comédies moliéresques et du type du barbon jaloux. Vieux bougon hostile à la nouveauté, celle des drames comme celle de l'*Encyclopédie*, il est parfois risible, mais n'a, malgré les jeux de mots insistants du comte sur son nom (« Balordo », « Barque à l'eau », « Barbe à l'eau », etc.), ni la balourdise ni la naïveté de ses prédécesseurs. Habile et méfiant au contraire, c'est un personnage inquiétant, mais aussi plus profond qu'il n'y paraît : une fois l'échec de son entreprise matrimoniale avéré, il fait preuve d'une lucidité et d'une dignité qui l'éloignent encore de ses modèles théâtraux.

Un geôlier efficace. Engagé dans une double lutte, lutte pour asservir définitivement Rosine et lutte contre son rival Almaviva, Bartholo déploie une telle ruse qu'il apparaît d'abord comme un obstacle insurmontable. Exerçant chez lui un pouvoir totalitaire dont il s'enorgueillit, il ne cesse de verrouiller les portes, rêve de murer les fenêtres et soumet sa pupille à une surveillance inquisitoriale. Sous ce régime tyrannique, toute rencontre est un combat, toute conversation ressemble à un pugilat. Le barbon prétend même étendre son contrôle à l'extérieur en rassemblant des forces de l'ordre devant sa maison pour s'emparer du comte. Ce personnage renoue ainsi avec une thématique traditionnelle, celle de l'enfermement de la femme aimée dans une tour.

Un plaidoyer pour la condition féminine. Bartholo incarne l'abus de pouvoir que la littérature du XVIIIe siècle condamne le plus souvent et le plus vigoureusement, celui qui s'exerce sur

Genre, action, personnages

les femmes. C'est sans doute aussi la revendication sociale la plus constante du théâtre de Beaumarchais.

Un auxiliaire peu sûr : Don Bazile

Un type nouveau. Le personnage de Don Bazile, « chapeau noir rabattu, soutanelle et long manteau, sans fraise ni manchettes », est un type nouveau dans le théâtre français. Organiste et maître de chant, portant un costume d'ecclésiastique, il évoque le type du sacristain souvent représenté dans les intermèdes espagnols et repris dans la pièce éponyme de Beaumarchais, première ébauche de ce qui deviendra *Le Barbier de Séville*.

Un traître en soutane. Maître à chanter qui ne chante jamais, cynique, vénal, médisant, il fait un piètre allié pour Bartholo, qu'il trahit à la première occasion. Les critiques ne manquent pas de faire remarquer la visée satirique évidente de ces personnages de traîtres qui, dans le théâtre de Beaumarchais, sont toujours des gens d'Église.

L'œuvre : origines et prolongements

La genèse du Barbier de Séville

LA PREMIÈRE VERSION du *Barbier de Séville* était un « Intermède imité de l'espagnol » intitulé *Le Sacristain*, qui fut composé vers 1765, et probablement représenté en société chez le banquier Lenormant d'Étioles. De cet intermède ne restent que les cinq premières scènes et quelques fragments où alternent paroles et chansons en vers. Point de Figaro, mais on trouve déjà un vieillard imposant, le docteur Bartholo, marié à la jeune Pauline, qui rêve à Lindor, jeune gaillard fougueux et rusé. Celui-ci, après s'être déguisé une première fois en soldat, se fait passer pour un sacristain, élève du prêtre organiste Bazile... Il y a dans ces fragments, comme dans la parade, des mots à double entente, des sous-entendus graveleux et une liberté morale que seules les scènes privées pouvaient admettre.

BEAUMARCHAIS transforma ensuite l'intermède en opéra-comique, qui fut refusé par les Comédiens-Italiens en 1772. Cet opéra-comique, dont le texte est perdu à l'exception d'un couplet, se présentait apparemment comme une comédie émaillée de chansons espagnoles et italiennes. C'est là que le personnage de Figaro apparaît pour la première fois.

L'ÉCRIVAIN abandonna alors la forme de l'opéra-comique pour celle de la comédie, coupant dans les couplets et effectuant un important travail de réécriture. On sait qu'il y eut d'abord deux versions successives d'une pièce en quatre actes, datant de 1773 et 1774. La troisième version, en cinq actes, est celle qu'il présenta le 23 février 1775 à la Comédie-Française. La pièce, jugée trop longue, fut un échec. Dès le lendemain, Beaumarchais entreprit de la corriger. Le 26 février, il donnait sa nouvelle version, en quatre actes cette fois. Le succès de la

L'œuvre : origines et prolongements

pièce fut tel que, dès le 1er mars, les représentations eurent lieu les « grands jours » (lundi, mercredi et samedi). Le 14 mars, *Le Barbier* se donna devant la cour à Versailles. Pendant cette année 1775, la pièce connut 27 représentations publiques, ce qui était alors signe d'un grand succès. L'année suivante, la pièce triompha au Petit-Trianon, le 19 août 1785, avec Marie-Antoinette en Rosine et le comte d'Artois en Figaro. Elle fut aussi rapidement traduite en anglais, et adaptée en allemand. Elle connut par la suite, grâce notamment à la suite que Beaumarchais lui donna avec *Le Mariage de Figaro* et à ses adaptations à l'opéra, un succès incessant.

Les sources de La Précaution inutile

FRUIT D'UNE LONGUE MATURATION et de nombreux repentirs, la pièce de Beaumarchais est incontestablement une œuvre personnelle. Il n'empêche que le thème du barbon amoureux de sa pupille est traditionnel, de même que les déguisements successifs du jeune amoureux. La pièce doit notamment beaucoup à *L'École des femmes* (1662) de Molière, elle-même inspirée d'une nouvelle de Scarron : *La Précaution inutile* (1655-1657), et au *Malade imaginaire* (1673) pour les scènes 2 et 3 de l'acte II, modèles de la leçon de musique de l'acte III du *Barbier*.

AU XVIIIe SIÈCLE, le thème continue à être largement exploité : Regnard reprend avec brio la même trame dans sa pièce en vers *Les Folies amoureuses* (1704) ; plusieurs pièces prennent *La Précaution inutile* pour thème et pour titre ; *Le Maître en droit* de Lemonnier, jouée à la foire Saint-Germain en 1760, met en scène un amoureux du nom de Lindor et contient quelques répliques qui annoncent *Le Barbier de Séville* ; un opéra-comique de Sedaine, *On ne s'avise jamais de tout* (1761), présente la même situation de départ et utilise déjà le procédé du déguisement...

L'œuvre : origines et prolongements

L'École des femmes, *une inspiration majeure*

DANS LA PIÈCE DE MOLIÈRE, Arnolphe, un barbon qui a la hantise du cocuage, veut épouser sa pupille, Agnès. Or, le jeune Horace, fils d'un ami d'Arnolphe, tombe amoureux d'Agnès et confie son amour au barbon sans savoir que celui-ci est le tuteur de la jeune fille. Arnolphe de son côté se garde bien de le lui dire, mais encourage au contraire les confidences du jeune homme pour pouvoir mieux déjouer ses plans. De retour d'Amérique, le père d'Agnès vient à point nommé dénouer la situation et marier les jeunes amoureux.

LE BARBIER DE SÉVILLE conserve certains aspects de la pièce de Molière, notamment le principe du trio barbon-pupille-amant et la complexité du personnage de barbon, à la fois jaloux, vieux jeu, cruel et touchant dans sa sincérité amoureuse. Mais Beaumarchais apporte aussi des modifications significatives : les longues tirades (discussions entre Chrysalde et Arnolphe, confidences d'Horace à Arnolphe) ont disparu pour laisser place à des dialogues très rapides ; Rosine, devenue pleine de ruse et de reparties, s'oppose avec violence à son tuteur.

LES RAPPORTS SOCIAUX entre les personnages ont aussi changé. Dans *L'École des femmes*, Horace et Arnolphe appartiennent au même milieu, tandis que dans *Le Barbier de Séville*, les « disconvenances sociales » sont importantes : Bartholo est un bourgeois qui essaie d'épouser une jeune fille noble et de s'opposer – inutilement – à un grand seigneur.

EN DONNANT un rythme plus soutenu aux échanges, en accordant plus de personnalité à l'héroïne, devenue la porte-parole de l'injustice faite à la condition féminine, en accentuant les antagonismes entre les personnages et en soulignant les disparités sociales, Beaumarchais s'oriente nettement vers la comédie d'intrigue et de mœurs. Il « modernise » ainsi la trame moliéresque, tout en respectant ses principes drama-

L'œuvre : origines et prolongements

turgiques majeurs : présenter aux spectateurs des personnages et des situations susceptibles de les intéresser, en ménageant une forte tension tout au long de la pièce.

Le Barbier de Séville, *une pièce « espagnole »*

Beaumarchais voyage en Espagne en 1764. À cette occasion, il assista à des « intermèdes », qui mettaient en scène barbiers, entremetteurs et sacristains galants, et qui lui inspirèrent la première version du *Barbier de Séville*. Mais là n'est pas la seule origine de cette comédie. La littérature française était gagnée par la mode espagnole depuis longtemps déjà.

Le théâtre du Siècle d'or (1550-1650) eut en effet, aux XVIIe et XVIIIe siècles, un fort retentissement sur le théâtre français. Aussi certaines références étaient-elles évidentes pour le public. Les premières paroles du comte Almaviva, dans la pièce de Beaumarchais : « Je suis las des conquêtes », inscrivent le grand seigneur libertin dans la lignée du Don Juan de Tirso de Molina (*L'Abuseur de Séville et l'invité de pierre*, 1620-1630), qui a pour obsession de s'introduire dans les maisons à la faveur de l'obscurité et de se déguiser, et du Dom Juan de Molière (*Dom Juan*, 1665). Quelques indications de décor (« Le théâtre représente une rue de Séville où toutes les croisées sont grillées », I, 1) ou d'accessoires (« Figaro, une guitare sur le dos », I, 2) suffisent à évoquer une Espagne aux mœurs sévères et aux tempéraments ombrageux, et néanmoins passionnée de musique et de chant. Pittoresque à peu de frais, ce décor étranger avait aussi l'avantage – du moins c'est ce qu'espérait Beaumarchais – de faire passer la satire sociale tout en évitant la censure...

Les romans picaresques espagnols (notamment *La Vie de Lazarillo de Tormes*, vers 1553, et *Guzman d'Alfarache* de Mateo Aleman, 1599-1603) furent aussi beaucoup lus et adaptés. Lesage écrivit ainsi deux romans picaresques, *Le Diable boiteux*

173

L'œuvre : origines et prolongements

(1707) et *Gil Blas de Santillane* (1715-1735). Beaumarchais, qui s'était déjà inspiré d'un passage du *Diable boiteux* pour écrire son premier drame, *Eugénie* (1767), puisa dans *Gil Blas* pour créer le personnage-titre du *Barbier de Séville*. Le roman de Lesage raconte en effet la vie mouvementée d'un jeune Espagnol démuni qui quitte à 17 ans sa famille pour aller étudier à Salamanque, se fait enlever par des brigands, devient le valet et l'élève d'un médecin de Valladolid, retrouve un ancien ami, Fabrice, barbier de son état, fait de la prison, rencontre un autre garçon barbier, Diego Pérès de la Fuente, qui lui conte ses aventures – à Ségovie, ce barbier guitariste a séduit sans le vouloir la femme d'un médecin, dont la jalousie, devenue menaçante, l'a poussé à prendre le large –, partage un moment la vie des comédiens de Grenade, tombe amoureux d'une actrice, entre au service d'un marquis qui l'introduit à la cour, y retrouve son ami le barbier Fabrice devenu écrivain et proche des grands d'Espagne...

En s'inspirant de ces personnages romanesques, Beaumarchais transforma le type traditionnel du valet de comédie en un homme de son temps, décidé à mettre ses mérites personnels au service de son ascension sociale. Avec une telle ambition, on comprend que *Le Barbier de Séville* ne soit qu'une étape dans la vie de Figaro, et qu'il faille encore *Le Mariage de Figaro* et *La Mère coupable* pour donner toute sa mesure à ce héros de roman.

La réception du Barbier et la « Lettre modérée »

Malgré son succès, le *Barbier* essuya des critiques acerbes. Si Grimm approuva la pièce dans sa *Correspondance littéraire* de décembre 1775, d'autres furent plus négatifs : Le Fuel de Méricourt, dans *Le Nouveau Spectateur* reconnaît la force comique du *Barbier de Séville*, mais lui dénie toute capacité à instruire et s'en prend à l'invraisemblance des personnages (n° III, 1er mai 1776). Le *Journal encyclopédique par une société de gens de*

L'œuvre : origines et prolongements

lettres, édité à Bouillon, en Belgique, le 1er mai 1775, assassine *Le Barbier :* « Il sera difficile, sans doute, pour le journaliste même le plus exercé, de tracer le plan de cette comédie, parce qu'elle en a peu, et qu'il n'offre en général que des scènes liées presque au hasard, à la manière de ces canevas italiens où l'on ne consulte ni vraisemblance, ni aucune des unités, ni marche naturelle et progressive. » Le rédacteur des *Mémoires secrets* (1er août 1775), quant à lui, juge que la pièce de Beaumarchais est « écrite dans le style de ses Mémoires, c'est-à-dire burlesque, néologue et remplie de disparates et d'incohérences qui s'apparente fort au jeu préalable sur le balcon des spectacles de la Foire ».

En 1775, Beaumarchais publie, en préambule à la pièce, la « Lettre modérée sur la chute et la critique du *Barbier de Séville* », qui est à la fois un plaidoyer, une parodie et une parade. Beaumarchais se défend en effet pied à pied contre les critiques : on a tort de dire que la pièce est mauvaise puisqu'elle fait tant rire ; l'intrigue est en fait des plus simples, et si la pièce est mouvementée, c'est parce que ses personnages ont plus de finesse et de malice que leurs modèles classiques ; elle ne contient d'invraisemblances ni dans l'action ni dans les caractères, et est d'une parfaite décence. Beaumarchais théâtralise ce plaidoyer en lui donnant par moments la forme d'un dialogue qui n'est pas sans rappeler ceux de Jacques et son maître dans *Jacques le fataliste* de Diderot.

Mais Beaumarchais fait aussi, comme dans les parades de foire, de la publicité pour ses spectacles. Il reprend sur le mode parodique l'histoire tragique d'Œdipe pour évoquer un sixième acte du *Barbier* qui préfigure *Le Mariage de Figaro*. Il évoque aussi le destin de la comtesse dans *La Mère coupable*. Il rêve d'une « musique dramatique » moins répétitive, plus naturelle et plus passionnée que la musique du moment, qui annonce son opéra *Tarare*. Et lorsqu'il érige, pour finir, en modèles artistiques la virtuosité et l'expressivité confondantes des danseurs

L'œuvre : origines et prolongements

Vestris et Dauberval, capables de « faire oublier le comble de l'art par la plus ingénieuse négligence », il semble qu'il nous livre, « en pirouettant », son credo et les clés de la lecture du *Barbier*.

Le destin de Figaro dans la trilogie espagnole

LE « ROMAN DE FIGARO » se poursuit donc avec une nouvelle « folle journée », *Le Mariage de Figaro* (comédie, 1784). Figaro, rajeuni, devenu « le beau, le gai, l'aimable Figaro » vanté par Marceline, entré au service du comte Almaviva au château d'Aguas Frescas, est fiancé à Suzanne, première femme de chambre de la comtesse, qu'il doit épouser le soir même. Mais le comte envisage de restaurer le « droit du seigneur » qu'il avait pourtant aboli, et de séduire Suzanne avant son mariage avec Figaro. Les deux fiancés et la comtesse élaborent alors ensemble un stratagème pour faire obstacle au projet du comte. Ridiculisé lors d'un rendez-vous galant qui était en fait un piège, celui-ci se jette à genoux devant sa femme et lui demande pardon, tandis que Figaro épouse Suzanne. Deux autres personnages jouent par ailleurs un rôle important dans l'intrigue : Chérubin, jeune page follement amoureux de la comtesse, et Marceline, qui vient exiger auprès du comte que Figaro se marie avec elle, ce qui deviendra impossible lorsqu'on apprendra qu'elle est la mère naturelle de Figaro. La pièce eut un immense succès, relayé une nouvelle fois par un merveilleux opéra, *Les Noces de Figaro* de Mozart, en 1786.

LA TRILOGIE FIGARESQUE s'achève en 1792, avec un drame parisien, *La Mère coupable*. Vingt ans se sont écoulés depuis les événements du *Mariage de Figaro*. La famille Almaviva s'est agrandie. La comtesse a eu avec Chérubin, qui est mort au combat depuis, un enfant adultérin, Léon. Le comte a officiellement pour pupille Florestine, qui est en fait sa fille naturelle. Léon et Florestine s'aiment. Mais Bégearss, un « infernal Tartuffe », menace la paix de la famille en manœuvrant pour

L'œuvre : origines et prolongements

mettre la main sur la fille du comte, la fortune de Figaro et, à terme, celle de la comtesse. Grâce à l'intervention de Figaro, aidé de Suzanne, le méchant est finalement expulsé de la famille et le mariage de Léon et de Florestine peut enfin s'arranger. La pièce eut à sa création un succès honorable, et fut souvent représentée jusqu'en 1850. Elle tomba ensuite dans l'oubli.

Le Barbier de Séville *à l'opéra*

C'EST À L'OPÉRA que l'œuvre de Beaumarchais connut sa plus grande fortune. Sa pièce inspira en effet très tôt un nombre considérable de librettistes et de compositeurs qui la transposèrent en opéra bouffe. Ce genre, né en Italie au début du XVIIIe siècle, gagna rapidement toute l'Europe. Œuvre lyrique au sujet emprunté à la vie bourgeoise ou paysanne, l'opéra bouffe est à la comédie ce que l'*opera seria* est à la tragédie. Il comporte un nombre limité de personnages (trois ou quatre), dont un « bouffon » qui rappelle le valet facétieux de la comédie italienne, et se compose de récitatifs (passages déclamés par un chanteur et accompagnés par le clavecin ou par l'orchestre) alternant avec des airs (monologues chantés), des ensembles (de deux à sept chanteurs) et des chœurs (huit chanteurs ou plus).

LE BARBIER DE SÉVILLE fit son entrée sur la scène lyrique dès 1782 avec trois opéras, dont celui de Paisiello à Saint-Pétersbourg. De nombreux autres *Barbiers* virent le jour par la suite, le plus connu étant celui de Rossini, joué pour la première fois à Rome en 1816.

L'OPÉRA BOUFFE en quatre actes composé par Giovanni Paisiello, sur un livret écrit par G. Petrosellini d'après la comédie de Beaumarchais, fut créé à Saint-Pétersbourg le 26 septembre 1782. Prenant pour personnage central non pas Figaro mais Bartholo, il contenait de nombreux passages pleins de grâce et d'esprit qui lui valurent pendant trente ans un succès consi-

L'œuvre : origines et prolongements

dérable. Mais l'apparition du *Barbier* de Rossini lui porta un coup fatal.

CRÉÉ LE 20 FÉVRIER 1816 au Teatro Argentina de Rome, *Le Barbier de Séville* composé par Gioacchino Rossini (1792-1868), sur un livret de Sterbini, fut bruyamment chahuté par les partisans de Paisiello. Rossini retravailla aussitôt la partition, si bien que dès la deuxième représentation, l'opéra fit un triomphe. Repris en 1819 à l'Opéra de Paris, *Le Barbier* fut bientôt mis à l'affiche de toutes les scènes lyriques de la capitale. C'est l'opéra le plus joué à Paris depuis sa création.

SA PARTITION passe pour avoir été écrite en sept jours. Mais certains airs semblent être l'œuvre du ténor qui créa le rôle d'Almaviva à Rome, Manuel Garcia, tandis que les récitatifs furent composés au fur et à mesure des répétitions par Zamboni (le Figaro de la création), et que l'ouverture et la célèbre cavatine de Rosine étaient tirées d'un précédent opéra de Rossini… Stendhal écrira ainsi : « faites bouillir quatre opéras de Cimarosa et deux de Paisiello avec une symphonie de Beethoven : mettez le tout en mesures vives, peu de croches, beaucoup de triples croches et vous avez le *Barbier* » (lettre du 19 avril 1820 à Mareste). C'est peu dire que les œuvres de Beaumarchais et de Rossini ont des points communs !

LE LIVRET DE L'OPÉRA suit assez fidèlement le déroulement de la pièce française, tout en apportant quelques modifications notoires : la critique sociale est évacuée (pour éviter les foudres pontificales), le rôle de l'argent est souligné (par exemple dans le « duo de l'or », acte I, air n° 4, plage 6 du CD 1), Rosine est devenue une maîtresse femme, et Figaro, le personnage principal de l'opéra, entend bien se dédommager de son infériorité sociale en vendant cher ses services d'entremetteur et d'intrigant. Quant à l'orchestration et aux airs rossiniens, ils reflètent et amplifient même, avec un rythme et un humour jubilatoires, la tension, le lyrisme et les effets de répé-

L'œuvre : origines et prolongements

tition à l'œuvre dans la pièce de Beaumarchais. Au point que les moments les plus marquants de cet opéra bouffe – la romance du comte (« Ecco, ridente in cielo », acte I, air n° 1, plage 3 du CD 1), l'air de Figaro, « Barbiere di qualità » (« Largo al factotum », I, air n° 2, plage 4 du CD 1), la cavatine de Rosine (« Una voce poco fa », acte I, air n° 5, plage 7 du CD 1), l'air de la calomnie, avec son efficace crescendo (« La calunnia è un venticello », acte I, air n° 6, plage 8 du CD 1), ou encore l'air « Buona sera », correspondant à la « scène de stupéfaction » (acte II, scène 4, n° 13, plage 7 du CD 2) – ont éclipsé ceux de la pièce de Beaumarchais dans les mémoires.

L'œuvre et ses représentations

Depuis le triomphe de la deuxième représentation, la pièce de Beaumarchais a connu jusqu'en 1950 un succès constant, aussi bien à la Comédie-Française que dans les nombreux autres théâtres où elle a été représentée. Depuis, elle s'est moins jouée. Est-ce parce qu'elle a peu à peu été éclipsée par la version lyrique de Rossini et par *Le Mariage de Figaro*, pièce maîtresse à côté de laquelle *Le Barbier* ferait figure d'œuvre apéritive ?

De l'échec au triomphe

La représentation du *Barbier de Séville* était très attendue du public et des Comédiens-Français, car les *Mémoires* que Beaumarchais avait fait paraître en 1773 et 1774 pour sa défense dans l'affaire Goëzman l'avaient mis au premier plan de l'actualité. Mais la pièce, interdite la veille de la première à cause du procès, puis laissée en sommeil tant que Beaumarchais était en mission à l'étranger, ne fut jouée que le 23 février 1775. Lors de cette première, les comédiens, accoutumés à la courte version d'origine, furent déstabilisés par la toute nouvelle version en cinq actes, qu'ils connaissaient mal. Face à une salle bondée et tumultueuse, gênés par un texte trop long et émaillé de calembours d'un goût douteux, ils manquèrent d'ensemble et de rapidité. L'échec fut retentissant.

Le 26 février, Beaumarchais présentait une œuvre raccourcie, qui correspondait à peu près à la version précédente. Les acteurs, plus à l'aise, et jouant devant le public plus populaire et spontané du dimanche, mirent, raconte Grimm, « infiniment plus de naturel et de simplicité dans leur jeu ». Ce fut un triomphe. Dès lors, la carrière de la pièce était assurée.

L'œuvre et ses représentations

Quelques partis pris d'interprétation

Beaumarchais choisit lui-même le créateur du rôle de Bartholo : Denis Dechanet, dit des Essarts. À 37 ans, c'était un comédien sans talent particulier, mais d'une corpulence si monstrueuse qu'il rendait d'emblée le personnage grotesque. Après lui, on continua longtemps à montrer un Bartholo ventripotent et comique à peu de frais. Certains acteurs s'efforcèrent ensuite de faire pencher le rôle vers celui du méchant traditionnel du mélodrame. Mais en 1995, Louis Seigner donnait une vision plus humaine et plus sympathique du personnage. Depuis, c'est un personnage cruel mais vulnérable qui a été mis en scène, que ce soit à la Comédie-Française, en 1979 avec François Chaumette et en 1991 avec Roland Bertin, ou en 2002-2003, au festival d'Avignon et au théâtre du Lucernaire à Paris, avec Bernard Latronche, geôlier antipathique, mais suscitant l'émotion quand il se rend compte qu'il a perdu Rosine.

Le premier interprète du rôle d'Almaviva fut Bellecour, acteur de 50 ans qui avait déjà joué Clarendon dans *Eugénie* et Saint-Alban dans *Les Deux Amis* et qui continuait, quoique étant en fin de carrière et très âgé pour le rôle, à ravir le public par son élégance séductrice et sa belle diction. Par la suite, le rôle fut confié à des acteurs plus jeunes et fougueux, voire à d'excellents chanteurs ou musiciens, comme Bressant en 1857 ou Frédéric Febvre en 1877. Pendant la leçon de chant, ce dernier accompagnait Rosine au clavecin tout en s'efforçant de lui baiser la main, et dès que Bartholo se réveillait, il retombait des deux mains sur le clavier, le nez sur sa feuille de musique. Plus près de nous, Richard Berry en 1979 jouait avec talent le jeune aristocrate séduisant, tandis que Jean-Pierre Michael était un très jeune Almaviva follement amoureux. En 2002-2003, Frantz Morel-À-L'Huissier fit du comte un extravagant libertin, joueur et maladroit.

Louise Doligny, qui avait déjà incarné Eugénie et Pauline dans les drames de Beaumarchais, était toute désignée pour créer le

L'œuvre et ses représentations

rôle de Rosine à la Comédie-Française. Excellente comédienne, elle avait à 29 ans la grâce, la sensibilité et le naturel qui convenaient pour jouer une ingénue dépourvue de toute malice. Après elle, les autres interprètes penchèrent alternativement vers l'ingénue (Blanche Barretta de 1877 à 1900, Mlle Mars au début du XXe siècle, Marie Leconte, ou Marie Belle en 1924) et vers la coquette (Madeleine Renaud en 1942, et Micheline Boudet en 1955). Depuis, c'est la fraîcheur et l'enthousiasme du personnage qui semblaient l'avoir emporté, tant chez Marcelline Collard en 1979, que chez Anne Kessler en 1990-1991. Ce jusqu'à ce qu'en 2002-2003, la Rosine interprétée par Ariane Begoin et Bérangère Jean apparaisse comme une poupée enfermée dans une cage, et tournant en rond telle une tigresse.

Le créateur du rôle de Figaro fut Préville, qui était, à 54 ans, un interprète de grande expérience et d'un talent exceptionnel. Ce comédien, gai sans outrance, resta titulaire du rôle jusqu'à sa retraite, en 1786. Dans les années 1860, le fameux comédien Constant Coquelin prit la relève avec pétulance et désinvolture. Depuis, Figaro a été joué avec brio par Pierre Dux dans les années 1930, puis par Jean Piat dans les années 1950-1960. En 1991, le rôle rajeunissait sous les traits du très jeune Thierry Hancisse, fougueux et comme monté sur ressorts, tandis qu'en 2002-2003, Cyril Deguillen accentuait le côté franchement comique du personnage.

Le rôle de Bazile fut interprété pour la première fois par Augé, un comédien en fin de carrière. Grand et maigre, il jouait un personnage de scélérat très convaincant. En 1916, de Max, vêtu d'une soutanelle trop courte qui laissait voir de pauvres jambes maigres, fit une apparition aussi terrifiante qu'enthousiasmante. À sa suite, Samson Fainsilber en 1931 et Denis d'Inès en 1932 donnaient une vision très noire et très efficace du maître de chant. Plus récemment, les comédiens qui choisirent de jouer un Bazile moins noir firent perdre du même coup tout prestige au personnage. En 2002-2003, Jorge Tomé inter-

L'œuvre et ses représentations

prêtait, en habit de croque-mort, un personnage cupide et fourbe à souhait.

Deux mises en scène significatives

En 1990-1991

Parmi les dernières mises en scène de la Comédie-Française, celle de Jean-Luc Boutté en 1990-1991 fut particulièrement marquante par son parti pris de dépouillement, de fraîcheur et de mise à nu des ficelles théâtrales. Les acteurs, très jeunes et passionnés, évoluaient à travers une scène vide sur laquelle ressortait, à l'acte I, un grand ciel bleu taché de nuages (dont l'un coulissait, de telle façon que Rosine pouvait faire tomber sa partition par l'ouverture) et, aux actes suivants, des paravents qui suffisaient à délimiter l'espace intérieur et à suggérer les multiples espaces extérieurs. Les costumes étaient en accord avec les tempéraments : un pourpre sombre pour Bartholo, des couleurs claires et éclatantes pour Rosine, le comte et Figaro.

En 2002 et 2003

La mise en scène réalisée en 2002 et 2003 par Ned Grujic, au festival d'Avignon d'abord, puis au théâtre du Lucernaire à Paris, insistait elle aussi sur la gaieté de la pièce et ses passages franchement comiques, tout en soulignant le côté tragique de l'enfermement de Rosine et de la paranoïa de Bartholo. Ainsi, l'intérieur de la maison de Bartholo était représenté comme un lieu carcéral, avec une pièce complètement noire et, au milieu, une cage aux fauves, où Rosine était tenue enfermée, tandis que les costumes restaient traditionnels.

Thierry Hancisse (Figaro) et Jean-Pierre Michael (Almaviva).
Mise en scène de Jean-Luc Boutté à la Comédie-Française,
décembre 1990.

Roland Bertin (Batholo), Marcel Bozonnet (Bazile)
et Jean-Pierre Michael (Almaviva).
Mise en scène de Jean-Luc Boutté
à la Comédie-Française, décembre 1990.

Philippe Colin (Bartholo) et Cyril Deguillen (Figaro).
Mise en scène de Nedeljko Grujic,
Compagnie des Tréteaux de la pleine lune, 2003.

Guy Perrot (Bartholo), Benjamin Boyer (Almaviva),
Céline Melloul (Rosine). Mise en scène de Ladislas Chollat,
Compagnie du Théâtre de l'Héliotrope, 2006.

L'œuvre à l'examen

À l'*écrit*

Objet d'étude : comique et comédie.

Corpus bac : maîtres et valets de comédie

TEXTE 1

Dom Juan ou Le Festin de pierre (1665), Molière, acte I, scène 2 (extrait)

À Sganarelle, qui reproche à son maître Dom Juan d'« aimer de tous côtés », celui-ci rétorque que « tout le plaisir de l'amour est dans le changement » et que son ambition est d'étendre indéfiniment ses conquêtes amoureuses.

SGANARELLE
Mais, monsieur, cela serait-il de la permission que vous m'avez donnée, si je vous disais que je suis tant soit peu scandalisé de la vie que vous menez ?

DOM JUAN
Comment ? Quelle vie est-ce que je mène ?

SGANARELLE
Fort bonne. Mais, par exemple, de vous voir tous les mois vous marier comme vous faites...

DOM JUAN
Y a-t-il rien de plus agréable ?

SGANARELLE
Il est vrai, je conçois que cela est fort agréable et fort divertissant, et je m'en accommoderais assez, moi, s'il n'y avait point de mal ; mais, monsieur, se jouer ainsi d'un mystère sacré, et...

DOM JUAN
Va, va, c'est une affaire entre le ciel et moi, et nous la démêlerons bien ensemble, sans que tu t'en mettes en peine.

L'œuvre à l'examen

SGANARELLE
Ma foi ! Monsieur, j'ai toujours ouï dire que c'est une méchante raillerie que de se railler du ciel, et que les libertins ne font jamais une bonne fin.

DOM JUAN
Holà ! Maître sot, vous savez que je vous ai dit que je n'aime pas les faiseurs de remontrances.

SGANARELLE
Je ne parle pas aussi à vous, Dieu m'en garde. Vous savez ce que vous faites, vous ; et si vous ne croyez rien, vous avez vos raisons ; mais il y a de certains petits impertinents dans le monde, qui sont libertins sans savoir pourquoi, qui font les esprits forts, parce qu'ils croient que cela leur sied bien ; et si j'avais un maître comme cela, je lui dirais fort nettement, le regardant en face : « osez-vous bien ainsi vous jouer au [du] Ciel, et ne tremblez-vous point de vous moquer comme vous faites des choses les plus saintes ? C'est bien à vous, petit ver de terre, petit mirmidon que vous êtes (je parle au maître que j'ai dit), c'est bien à vous à vouloir vous mêler de tourner en raillerie ce que tous les hommes révèrent ? Pensez-vous que pour être de qualité, pour avoir une perruque blonde et bien frisée, des plumes à votre chapeau, un habit bien doré, et des rubans couleur de feu (ce n'est pas à vous que je parle, c'est à l'autre), pensez-vous, dis-je, que vous en soyez plus habile homme, que tout vous soit permis, et qu'on n'ose vous dire vos vérités ? Apprenez de moi, qui suis votre valet, que le ciel punit tôt ou tard les impies, qu'une méchante vie amène une méchante mort, et que... »

DOM JUAN
Paix !

SGANARELLE
De quoi est-il question ?

L'œuvre à l'examen

Dom Juan
Il est question de te dire qu'une beauté me tient au cœur, et qu'entraîné par ses appas, je l'ai suivie jusques en cette ville.

Sganarelle
Et n'y craignez-vous rien, monsieur, de la mort de ce commandeur que vous tuâtes il y a six mois ?

Dom Juan
Et pourquoi craindre ? Ne l'ai-je pas bien tué ?

Sganarelle
Fort bien, le mieux du monde, et il aurait tort de se plaindre.

Dom Juan
J'ai eu ma grâce de cette affaire.

Sganarelle
Oui, mais cette grâce n'éteint pas peut-être le ressentiment des parents et des amis, et…

Dom Juan
Ah ! N'allons point songer au mal qui nous peut arriver, et songeons seulement à ce qui nous peut donner du plaisir. La personne dont je te parle est une jeune fiancée, la plus agréable du monde, qui a été conduite ici par celui même qu'elle y vient épouser ; et le hasard me fit voir ce couple d'amants trois ou quatre jours avant leur voyage. Jamais je n'ai vu deux personnes être si contents l'un de l'autre, et faire éclater plus d'amour. La tendresse visible de leurs mutuelles ardeurs me donna de l'émotion ; j'en fus frappé au cœur et mon amour commença par la jalousie. Oui, je ne pus souffrir d'abord de les voir si bien ensemble ; le dépit alarma mes désirs, et je me figurai un plaisir extrême à pouvoir troubler leur intelligence, et rompre cet attachement, dont la délicatesse de mon cœur se tenait offensée ; mais jusques ici tous mes efforts ont été inutiles, et j'ai recours au dernier remède. Cet époux prétendu doit aujourd'hui régaler sa maîtresse d'une promenade sur mer. Sans t'en avoir rien

L'œuvre à l'examen

dit, toutes choses sont préparées pour satisfaire mon amour, et j'ai une petite barque et des gens, avec quoi fort facilement je prétends enlever la belle.

SGANARELLE
Ha ! Monsieur...

DOM JUAN
Hein ?

SGANARELLE
C'est fort bien fait à vous, et vous le prenez comme il faut. Il n'est rien tel en ce monde que de se contenter.

TEXTE 2
L'Île des esclaves (1725),
Marivaux, scène 9

Iphicrate et Euphrosine, deux maîtres accompagnés de leurs esclaves, Arlequin et Cléanthis, ont fait naufrage. L'île où ils ont échoué est régie par un code social dont le principe est l'inversion des conditions. Les deux maîtres ont donc pris les habits et la condition de leur esclave et vice versa.

IPHICRATE
Cléanthis m'a dit que tu voulais t'entretenir avec moi ; que me veux-tu ? As-tu encore quelques nouvelles insultes à me faire ?

ARLEQUIN
Autre personnage qui va me demander encore ma compassion. Je n'ai rien à te dire, mon ami, sinon que je voulais te faire commandement d'aimer la nouvelle Euphrosine ; voilà tout. À qui diantre en as-tu ?

IPHICRATE
Peux-tu me le demander, Arlequin ?

L'œuvre à l'examen

ARLEQUIN

Eh ! pardi, oui, je le peux, puisque je le fais.

IPHICRATE

On m'avait promis que mon esclavage finirait bientôt, mais on me trompe, et c'en est fait, je succombe ; je me meurs, Arlequin, et tu perdras bientôt ce malheureux maître qui ne te croyait pas capable des indignités qu'il a souffertes de toi.

ARLEQUIN

Ah ! il ne nous manquait plus que cela, et nos amours auront bonne mine. Écoute, je te défends de mourir par malice ; par maladie, passe, je te le permets.

IPHICRATE

Les dieux te puniront, Arlequin.

ARLEQUIN

Eh ! de quoi veux-tu qu'ils me punissent ? d'avoir eu du mal toute ma vie ?

IPHICRATE

De ton audace et de tes mépris envers ton maître ; rien ne m'a été si sensible, je l'avoue. Tu es né, tu as été élevé avec moi dans la maison de mon père ; le tien y est encore ; il t'avait recommandé ton devoir en partant ; moi-même je t'avais choisi par un sentiment d'amitié pour m'accompagner dans mon voyage ; je croyais que tu m'aimais, et cela m'attachait à toi.

ARLEQUIN, *pleurant.*
Eh ! qui est-ce qui te dit que je ne t'aime plus ?

IPHICRATE

Tu m'aimes, et tu me fais mille injures ?

ARLEQUIN

Parce que je me moque un petit brin de toi, cela empêche-t-il que je ne t'aime ? Tu disais bien que tu m'aimais, toi, quand tu

L'œuvre à l'examen

me faisais battre ; est-ce que les étrivières sont plus honnêtes que les moqueries ?

IPHICRATE
Je conviens que j'ai pu quelquefois te maltraiter sans trop de sujet.

ARLEQUIN
C'est la vérité.

IPHICRATE
Mais par combien de bontés n'ai-je pas réparé cela !

ARLEQUIN
Cela n'est pas de ma connaissance.

IPHICRATE
D'ailleurs, ne fallait-il pas te corriger de tes défauts ?

ARLEQUIN
J'ai plus pâti des tiens que des miens ; mes plus grands défauts, c'était ta mauvaise humeur, ton autorité, et le peu de cas que tu faisais de ton pauvre esclave.

IPHICRATE
Va, tu n'es qu'un ingrat ; au lieu de me secourir ici, de partager mon affliction, de montrer à tes camarades l'exemple d'un attachement qui les eût touchés, qui les eût engagés peut-être à renoncer à leur coutume ou à m'en affranchir, et qui m'eût pénétré moi-même de la plus vive reconnaissance !

ARLEQUIN
Tu as raison, mon ami ; tu me remontres bien mon devoir ici pour toi ; mais tu n'as jamais su le tien pour moi, quand nous étions dans Athènes. Tu veux que je partage ton affliction, et jamais tu n'as partagé la mienne. Eh bien va, je dois avoir le cœur meilleur que toi ; car il y a plus longtemps que je souffre, et que je sais ce que c'est que de la peine. Tu m'as battu par amitié : puisque tu le dis, je te le pardonne ; je t'ai raillé par bonne

L'œuvre à l'examen

humeur, prends-le en bonne part, et fais-en ton profit. Je parlerai en ta faveur à mes camarades ; je les prierai de te renvoyer, et s'ils ne le veulent pas, je te garderai comme mon ami ; car je ne te ressemble pas, moi ; je n'aurais point le courage d'être heureux à tes dépens.

IPHICRATE, *s'approchant d'Arlequin.*
Mon cher Arlequin, fasse le ciel, après ce que je viens d'entendre, que j'aie la joie de te montrer un jour les sentiments que tu me donnes pour toi ! Va, mon cher enfant, oublie que tu fus mon esclave, et je me ressouviendrai toujours que je ne méritais pas d'être ton maître.

ARLEQUIN
Ne dites donc point comme cela, mon cher patron : si j'avais été votre pareil, je n'aurais peut-être pas mieux valu que vous. C'est à moi à vous demander pardon du mauvais service que je vous ai toujours rendu. Quand vous n'étiez pas raisonnable, c'était ma faute.

IPHICRATE, *l'embrassant.*
Ta générosité me couvre de confusion.

ARLEQUIN
Mon pauvre patron, qu'il y a de plaisir à bien faire ! *(Après quoi, il déshabille son maître.)*

IPHICRATE
Que fais-tu, mon cher ami ?

ARLEQUIN
Rendez-moi mon habit, et reprenez le vôtre ; je ne suis pas digne de le porter.

IPHICRATE
Je ne saurais retenir mes larmes. Fais ce que tu voudras.

L'œuvre à l'examen

TEXTE 3

Le Barbier de Séville (1775), Beaumarchais, acte I, scène 2 (à partir de « Le Comte – Ô grâce, grâce, ami ! Est-ce que tu fais aussi des vers ? » jusqu'à la fin). Voir pages précédentes.

SUJET

a. Question préliminaire (sur 4 points)

Les enjeux de ces trois extraits sont-ils les mêmes ? Justifiez votre réponse en précisant rapidement l'enjeu essentiel de chacun des textes du corpus.

b. Travaux d'écriture au choix (sur 16 points)

Sujet 1. Commentaire.
Vous ferez le commentaire de la scène 9 de *L'Île des esclaves*.

Sujet 2. Dissertation.
Dans quelle mesure la comédie constitue-t-elle un moyen privilégié de dénoncer les injustices et corriger les mœurs ? Vous répondrez en vous appuyant sur les textes du corpus et sur d'autres extraits de comédies que vous connaissez.

Sujet 3. Écriture d'invention.
Dans la rubrique « Société » d'un magazine théâtral contemporain, vous interrogez l'un des auteurs du corpus et lui demandez quelle vision des rapports sociaux il a voulu donner à travers son extrait. Écrivez un bref article contenant vos questions et ses réponses (vous pouvez exploiter le texte concerné).

Documentation et compléments d'analyse sur :
www.petitsclassiqueslarousse.com

L'œuvre à l'examen

À l' **oral**

Objet d'étude : comique et comédie (seconde) / le théâtre, texte et représentation (première, toutes sections) / un mouvement culturel et littéraire : les Lumières.

Acte I, scène 2.
Sujet : quel est l'intérêt de cette scène, au début de la pièce ?

> **RAPPEL**
>
> Une lecture analytique peut suivre les étapes suivantes :
> *I. mise en situation du passage, puis lecture à haute voix*
> *II. projet de lecture*
> *III. composition du passage*
> *IV. analyse précise du passage*
> *V. conclusion – remarques à regrouper un jour d'oral en fonction de la question posée*

I. Mise en situation du passage

Première scène : le comte s'est brièvement présenté. Après avoir mené la vie d'un grand seigneur libertin, le voilà tombé sincèrement amoureux d'une jeune fille qu'il souhaite conquérir sans révéler d'abord son identité.

II. Projet de lecture

Comment une deuxième scène, traditionnellement dévolue à la suite de l'exposition des principaux éléments de la pièce, remplit sa fonction tout en l'outrepassant.
Une scène d'exposition doit satisfaire, selon les règles du théâtre classique encore en vigueur au XVIIIe siècle, à plusieurs

L'œuvre à l'examen

exigences : elle doit fournir au spectateur certaines des informations nécessaires à la compréhension de l'intrigue (notamment l'identité des principaux personnages et les relations qui existent entre eux, la part qu'ils vont prendre à l'intrigue) et susciter en même temps l'intérêt du spectateur.

Cette scène répond aux exigences de l'exposition en nous présentant Figaro, un des personnages importants, et en donnant une idée des rapports que celui-ci entretient avec le comte ; elle tient en même temps en haleine le spectateur, qui attend comme le comte l'apparition de Rosine.

Mais cette scène est peu ordinaire par plusieurs aspects :

– elle comporte une chanson qui semble très décalée par rapport à l'enjeu annoncé dans la première scène ;

– elle met le personnage du comte, qui apparaissait comme le héros de la pièce à la première scène, au second plan ;

– elle présente longuement un personnage au passé si riche qu'il déborde du cadre classique du personnage de théâtre, sur lequel on sait en général juste ce qui est nécessaire à la cohérence de l'intrigue ;

– elle fait de ce personnage le porte-parole de son auteur, notamment dans sa carrière et la description satirique qu'il donne du monde littéraire, sans pour autant révéler le rôle qu'il aura à jouer dans l'intrigue.

III. Composition du passage

1. Figaro chante, seul, alors que le comte s'est caché.
2. Figaro et le comte se reconnaissent.
3. Figaro raconte sa vie au comte.
4. Figaro et le comte se cachent.

IV. Analyse précise du passage

1. La chanson de Figaro (jusqu'à « si je ne sais ce que je dis... »)
Soulignement du contexte espagnol (guitare et chanson). Définition du personnage à travers les paroles de la chanson : per-

L'œuvre à l'examen

sonnage issu du peuple, épicurien (« le vin et la paresse se partagent mon cœur »). Mise en avant de cette quête du bonheur déjà mentionnée par le comte. Dialogue de Figaro avec lui-même : effet de variété, de distanciation, mise en avant du style de Figaro : spirituel (« quelque chose de beau, de brillant, de scintillant »), railleur (« nos faiseurs d'opéras comiques n'y regardent pas de si près » / « nous verrons encore, messieurs de la cabale... »), confiant dans ses talents (« Fort bien, Figaro ! »).

2. La reconnaissance mutuelle de Figaro et du comte

Premier temps : ils se toisent sans se parler directement. Mise en place des relations supérieur-inférieur avec des effets comiques de symétrie : « Cet air altier et noble... », « C'est le comte Almaviva » / « Cette tournure grotesque », « Je crois que c'est ce coquin de Figaro ».

Deuxième temps : ils dialoguent. Nouveaux effets de symétrie « tu » / « vous ». Puis effets de décalage de situation : « Oui, je vous reconnais » / « Je ne te reconnaissais pas, moi » et de décalage de ton d'une réplique à l'autre, avec un Figaro ironique : « voilà les bontés familières dont vous m'avez toujours honoré. » / « Que voulez-vous, Seigneur, c'est la misère. » Ce paradoxe amène naturellement une explication.

3. Figaro raconte sa vie au comte

Ici, encore impression de variété : grâce aux relances du comte, pas de monologue plat ; et de nécessité : pour que leur présence ne paraisse pas suspecte, il faut qu'ils discutent. En même temps, les deux hommes se donnent des informations sur eux-mêmes (très peu de la part du comte : « Ne vois-tu pas, à mon déguisement, que je veux être inconnu ? », beaucoup de la part de Figaro), comme le veut une scène d'exposition.

Premier temps : dialogue. Figaro a la gaieté, la malice et le réalisme du valet de comédie. Il critique les abus de pouvoir sans remettre en cause l'ordre social (« persuadé qu'un grand nous fait assez de bien quand il ne nous fait pas de mal » / « Aux vertus qu'on exige d'un domestique, Votre Excellence connaît-elle beaucoup de maîtres qui fussent dignes d'être valets ? »).

L'œuvre à l'examen

Mais son statut social changeant le « modernise » : dans la société du XVIIIe siècle, la promotion sociale est envisageable. En cela, il ressemble à Beaumarchais, fils d'horloger devenu homme d'affaires et homme de lettres. Comme Beaumarchais aussi, il connaît les ficelles du théâtre (« j'avais rempli le parterre des plus excellents travailleurs... ») et l'échec (comme Beaumarchais lors de la première du *Barbier)*, mais fait preuve de ténacité (« On a vingt-quatre ans au théâtre : la vie est trop courte pour user un pareil ressentiment »).

Deuxième temps : monologue virtuose, étourdissant. En une seule longue phrase, organisée autour d'une série d'adjectifs verbaux et de participes passés, Figaro raconte, comme en accéléré, ses difficultés d'homme de lettres, son retour au métier de barbier et les vicissitudes de ses pérégrinations. Beaucoup d'effets de style : accumulations, assimilation comique des « critiques », « feuillistes », « libraires » et « censeurs » aux « insectes, moustiques, cousins, maringouins », effets de symétrie (« loué par ceux-ci, blâmé par ceux-là ; aidant au bon temps ; supportant le mauvais ; me moquant des sots, bravant les méchants ; riant de ma misère et faisant la barbe à tout le monde ») que rompt la dernière proposition, longue et déférente, comme un danseur qui, après avoir virevolté, ferait une gracieuse révérence.

Dernière pirouette encore : à la question du comte : « Qui t'a donné une philosophie aussi gaie ? », Figaro répond de façon décalée et paradoxale : « L'habitude du malheur », en finissant par une sorte de sentence : « Je me presse de rire de tout, de peur d'être obligé d'en pleurer. » Or la chanson de Figaro abordait aussi la question du bonheur :

« Bannissons le chagrin, / Il nous consume... »

Telle est donc la « course au bonheur » de Figaro : une gaieté volontaire, une ivresse favorisée par le vin, par une vie agitée, ou simplement par la parole.

4. Les deux personnages se cachent

Fin de la scène : nouvel effet comique. Alors que la fin de la tirade mouvementée de Figaro laissait espérer une pause

L'œuvre à l'examen

sereine, l'urgence se fait à nouveau sentir. Alors qu'au début de la scène précédente, le comte, caché, voyait Figaro chanter, ici le comte et Figaro se cachent pour voir Rosine, qui parle d'une chanson...

V. Conclusion

1. Sur le plan théâtral, cette scène remplit les fonctions d'une scène d'exposition en présentant un personnage important de la pièce, puisque c'est le barbier du titre, et ses relations avec un autre personnage majeur : le comte. Elle laisse aussi attendre la suite : que va-t-il advenir du tandem le comte-Figaro dans la pièce ?

2. Cette scène introduit aussi un motif important : la chanson. Elle occupera une grande place dans la pièce puisque chacun des quatre personnages principaux chantera tour à tour, et c'est une chanson, « La Précaution inutile », qui sera, en conformité avec le sous-titre éponyme de la pièce, le motif central de la fable. Elle s'inscrit dans la continuité de la première scène du point de vue de la tonalité : gaie et enjouée, en ajoutant le piment d'une satire sociale qui trouvera un écho dans la suite de la pièce avec la dénonciation de la sujétion des femmes, la satire de la médecine, de l'avarice...

3. Le personnage central de cette scène n'est pas courant : barbier écrivain et philosophe à la vie toute romanesque, porte-parole de Beaumarchais, il modernise et renouvelle le type du valet de comédie. Doté d'une individualité et d'un passé plus riches qu'il n'était nécessaire pour les seuls besoins de cette pièce, il semble voué à un destin qui la dépasse ; c'est pourquoi il apparaîtra dans les deux pièces suivantes de Beaumarchais : *Le Mariage de Figaro* et *La Mère coupable*. Dans sa faconde, il témoigne aussi du goût prononcé pour l'ivresse langagière et le bon mot, qui caractérise Beaumarchais.

L'œuvre à l'examen

AUTRES SUJETS TYPES

Objet d'étude de seconde : « comique et comédie ».
• *Quelles sont les différentes formes de comique à l'œuvre dans la scène de stupéfaction (III, 11) du* Barbier de Séville *?*

Objets d'étude de seconde : « comique et comédie » – « théâtre, texte et représentation ».
• *Quelles sont les différentes étapes et les différents registres de la scène 6 de l'acte IV du* Barbier de Séville *?*

Documentation et compléments d'analyse sur :
www.petitsclassiqueslarousse.com

Outils de lecture

Acte
Partie d'une pièce de théâtre comportant plusieurs scènes et correspondant à une étape de l'action.

Action
Succession des événements qui constituent une histoire.

Aparté
Parole qu'un personnage prononce sans être entendu des autres personnages présents.

Bienséances
Dans le théâtre classique, ensemble des principes moraux, religieux, littéraires auxquels une œuvre doit obéir pour ne pas choquer les idées ou les goûts du public.

Catastrophe
Dans une pièce, dernière péripétie, qui conduit au dénouement.

Comédie
Genre théâtral visant à divertir en représentant dans un langage courant les travers humains d'hommes de condition moyenne. Le dénouement d'une comédie est heureux.

Comique (registre)
1. Qui fait rire ou sourire.
2. Qui est lié au genre de la comédie.

Commedia dell'arte
Expression italienne désignant une forme de comédie venue d'Italie au XVIIe siècle, où les personnages, aux emplois* limités, portent des masques.

Dénouement
Conclusion d'une pièce de théâtre, qui apporte la résolution du conflit et fixe de manière rapide et complète le sort des personnages.

Didascalies
Textes d'une pièce de théâtre qui ne sont pas prononcés par les personnages (titres, liste de personnages, noms de personnages, indications de mise en scène ou de jeu).

Dramaturgie
Art d'écrire une pièce de théâtre selon des règles.

Drame
Pièce d'un genre intermédiaire entre la comédie et la tragédie, destiné à représenter le monde contemporain, et s'efforçant d'émouvoir par des scènes pathétiques.

Emploi
Série de rôles (l'ingénue, le valet, etc.) présentant des caractères communs d'une pièce à l'autre.

Exposition
Première partie d'une pièce de théâtre, comportant toutes les informations nécessaires à la compréhension de l'action.

Farce
Pièce comique, généralement courte, visant à faire rire par des procédés très voyants.

Imbroglio
Situation complexe, confuse.

Intermède
Au théâtre, divertissement, musical ou non, intercalé entre deux scènes ou deux actes ; plus généralement, scène constituant une pause dans l'action.

Outils de lecture

Intrigue
Ensemble des actions accomplies par les personnages.

Ironie
Parole qui donne à comprendre autre chose que ce qui est dit, souvent pour faire rire de quelqu'un ou de quelque chose.

Lyrique (registre)
Qui a trait à l'expression de sentiments personnels.

Maxime
Formule brève et frappante énonçant une vérité psychologique ou morale.

Mise en abyme
Procédé qui consiste à répéter à l'intérieur d'un élément, un élément identique.

Monologue
Paroles prononcées par un personnage seul sur scène.

Nœud
Partie de l'intrigue pendant laquelle les volontés des personnages s'affrontent.

Opéra bouffe
Œuvre lyrique au sujet simple, emprunté à la vie bourgeoise et paysanne, et comportant un « bouffon », équivalent du valet facétieux de la comédie italienne.

Opéra-comique
Œuvre lyrique composée d'airs chantés (et parfois de dialogues parlés) avec accompagnement orchestral.

Parade
Petite pièce burlesque et grivoise improvisée par les comédiens de la Foire avant leur spectacle, pour attirer le public.

Pathétique (registre)
Qui suscite une émotion violente, et souvent la compassion.

Péripétie
Retournement de situation inattendu qui modifie le cours de l'action.

Picaresque (roman)
Récit à la manière des romans espagnols du Siècle d'or (début du XVIIe siècle), qui raconte les multiples aventures d'un héros de basse condition.

Polémique (registre)
Qui combat des personnes ou des idées.

Quiproquo
Malentendu sur l'identité d'un personnage.

Réplique
Prise de parole d'un personnage dans un dialogue.

Satire
Texte qui attaque les vices ou les mœurs d'une personne en les moquant.

Tirade
Longue réplique d'un personnage.

Type
Personnage au caractère figé et caractéristique (l'avare, le jaloux, etc.).

Vaudeville
Au XVIIIe siècle, chanson légère insérée dans une pièce de théâtre.

Vraisemblance
Principe selon lequel ce qui est représenté dans une pièce de théâtre doit paraître vrai.

Bibliographie filmographie musicographie

Sur le théâtre de Beaumarchais

• *Beaumarchais, le Voltigeur des Lumières*, Jean-Pierre de Beaumarchais, collection « Découvertes Gallimard », Gallimard, 1996.

• *Beaumarchais :* Le Barbier de Séville, Le Mariage de Figaro *et* La Mère coupable, Pierre Frantz et Florence Balique, Atlande, 2004.

• *Beaumarchais ou la Bizarre Destinée*, René Pomeau, collection « Écrivains de toujours », P.U.F., 1987.

• *La Dramaturgie de Beaumarchais*, Jacques Scherer, Nizet, 1999 (première édition : 1954).

• *Œuvres de Beaumarchais*, édition établie par Pierre Larthomas, collection « bibliothèque de la Pléiade », Gallimard, 1988 – le texte adopté pour l'édition des « Classiques Larousse » est celui qui correspond à la dernière des éditions du *Barbier de Séville* (1775).

• *Histoire de la littérature française,* article « Beaumarchais », Daniel Couty et Jean-Pierre de Beaumarchais, Larousse-Bordas, 2000.

• *Dictionnaire des littératures de langue française*, article « Beaumarchais » de Jean-Pierre de Beaumarchais, sous la direction de Jean-Pierre de Beaumarchais, Daniel Couty, Alain Rey, Bordas, 1987.

Films

• *Le Barbier de Séville* de Beaumarchais, DVD du spectacle créé en 1997 au théâtre royal du Parc de Bruxelles (mise en scène de Gérard Marti, réalisation de Mike Roeykens).

• *Beaumarchais, l'insolent*, film d'Édouard Molinaro avec Fabrice Luchini (scénario d'Édouard Molinaro

Bibliographie • filmographie • musicographie

et Jean-Claude Brisville, sur une idée de Sacha Guitry), Téléma, 1996.

Disques et DVD

• *Il Barbiere di Siviglia*, de Rossini, enregistrement disponible en CD. Orchestre Philarmonia dirigé par Alceo Galliera, avec Maria Callas (Suzanne), Tito Gobbi (Figaro), Luigi Alva (le comte Almaviva), Fritz Ollendorf (Bartolo), EMI, 1957.

• *Le Barbier de Séville*, de Rossini, DVD. Chœur et orchestre de la Scala de Milan dirigés par Claudio Abbado, mise en scène de Jean-Pierre Ponnelle, avec Teresa Berganza (Suzanne), Hermann Prey (Figaro), Luigi Alva (le comte Almaviva), Enzo Daria (Bartolo), enregistrement 1972, Canal, 2005, en version italienne surtitrée en français.

Pour en savoir plus

• *Le Théâtre*, sous la direction de Daniel Couty et Alain Rey, Bordas, 1980.

• *Comique et comédie au siècle des Lumières*, Jean Goldzink, L'Harmattan, 2000.

• *Le Langage dramatique*, Pierre Larthomas, Armand Colin, 1972.

• *Le Théâtre en France au XVIIIe siècle*, Pierre Larthomas, collection « Que sais-je ? », P.U.F., 1980.

• *Lire le théâtre :* « Lire le théâtre » (vol. 1), « L'École du spectateur » (vol. 2), « Le Dialogue de théâtre » (vol. 3), Anne Ubersfeld, Belin, 1996.

• *La Dramaturgie classique en France*, Jacques Scherer, Nizet, 1986 (première édition : 1950).

• *La Trilogie de Beaumarchais : écriture et dramaturgie*, Gabriel Conesa, P.U.F., 1985.

Crédits Photographiques

Couverture	« Flamenco » par le Ballet National d'Espagne. Ph. © P. Coqueux/Specto
7	Ph. Olivier Ploton © Archives Larousse
11	Ph. Jeanbor © Archives Larbor
20	Ph. Coll. Archives Larbor
22	Ph. Coll. Archives Larbor
87	Ph. Olivier Ploton © Archives Larousse
94	Ph. Coll. Archives Larousse
121	Ph. Coll. Archives Larousse
132	Ph. Jeanbor © Archives Larbor
135	Ph. Coll. Archives Larousse
184	Ph. © Marc Enguerand
185	Ph. © Marc Enguerand
186	Ph. © Enguerand
187	Ph. © Enguerand

Direction de la collection : Yves GARNIER et Line KAROUBI
Direction éditoriale : Line KAROUBI, avec le concours de
Romain LANCREY-JAVAL
Édition : Emmanuelle BAUQUIS, avec la collaboration de
Marie-Hélene CHRISTENSEN
Lecture-correction : service Lecture-correction Larousse
Recherche iconographique : Valérie PERRIN, Laure BACCHETTA
Direction artistique : Uli MEINDL
Couverture et maquette intérieure : Serge CORTESI
Responsable de fabrication : Marlène DELBEKEN

Photocomposition : Nord Compo à Villeneuve-d'Ascq
Impression Liberdúplex en Espagne
Dépôt légal : Août 2006 - N° de projet : 11005378 - Février 2007.